LE
BACHÉLIER
DE SÉGOVIE,

OU

LES HAUTES ÉTUDES,

comédie en 5 actes et en vers

DE M. CASIMIR BONJOUR,

REPRÉSENTÉE, POUR LA PREMIÈRE FOIS, A PARIS, SUR LE THÉÂTRE
ROYAL DE L'ODÉON, LE 15 OCTOBRE 1844.

Je dois, pour mon malheur, aux bontés de ma mère,
Une éducation..... dont je ne sais que faire.
Acte 1er, scène 3.

PARIS.

MARCHANT, ÉDITEUR,
Boulevart Saint-Martin, 12
—
1844.

PERSONNAGES ET ACTEURS.

PEDRO, bachelier.............. M. Bouchet.

DON LOUIS DE GUSMAN, jeune
homme de haute naissance...... M. Barré.

DON RAPHAEL DE MENDOCE,
chef de division dans un ministère. M. Saint-Léon.

FABRICIO, garçon de bureau..... M. Roger.

UN OFFICIER................. M. Vorbel.

COMTESSE BERLIPS, personnage
historique................... Mlle Fitz-James.

ISABELLE, Française, veuve d'un
Espagnol................... Mlle Berthault.

EMERANCE, sa pupille......... Mme Volet.

Laquais, Majordome, Pages. Soldats, Alguasils, etc.

La scène est à Madrid, dans le palais du roi; les trois premiers actes se passent dans le cabinet de Mendoce, les deux derniers dans un salon de la Comtesse.

Nota. On a observé, dans l'impression, l'ordre des places des personnages, en commençant par la gauche des spectateurs. Les changements de places, qui ont lieu dans le cours des scènes, sont indiqués par des renvois au bas des pages. L'appartement de la Comtesse et celui de Mendoce ont trois portes au fond et une de chaque côté.

PARIS. — IMPRIMERIE DONDEY-DUPRÉ,
rue Saint-Louis, 46, au Marais.

LE
BACHELIER
DE SÉGOVIE,
OU
LES HAUTES ÉTUDES.

ACTE PREMIER.

SCÈNE PREMIÈRE.

FABRICIO, GUSMAN, *endormi dans un fauteuil.*

FABRICIO, *entrant par le fond.*
Comment! il dort toujours, cet homme? c'est honnête;
Moi, qui l'ai fait entrer par la porte secrète!
   Le regardant.
Oui, vers lui par instinct je me sentais porté;
Ses traits.....
     Se retournant.
  Mais quel tapage on fait de ce côté?
 D'une voix glapissante, en ouvrant la porte du fond.
Un instant, s'il vous plaît, prenez donc patience,
Et relisez un peu vos lettres d'audience.
Midi! c'est à midi que vous serez reçus;
Eh bien! il n'est encor que deux heures au plus!...

Long murmure dans la coulisse; il retourne à Gusman,
et le regarde.

Plaisant homme, qui vient ronfler au ministère!
    Souriant.
Je m'intéresse à lui, j'aime ce caractère;
Quelle tranquillité! quel bon sommeil!.... Voilà,
Si ma montre va bien, trois heures qu'il est là...
Mon maître ne vient point et le public abonde;
Il ne pourra jamais recevoir tant de monde.
        Quelqu'un frappe à la porte du fond.

~~~~~~

SCÈNE II.

PEDRO *dans la coulisse*, FABRICIO. GUSMAN
endormi,

        FABRICIO.
On n'entre pas.
        PEDRO, *par la porte entr'ouverte.*
        Seigneur, permettez...
            FABRICIO
                            Je vous dis
Qu'on ne peut pas entrer.
        PEDRO, *humblement.*
                        Voilà quatre jeudis
Que vous me repoussez!...
            FABRICIO.
                        Avez-vous une lettre?
            PEDRO.
Non.
        FABRICIO, *sèchement.*
    Partez, en ce cas.

PEDRO.

Veuillez, de grâce, admettre
Un pauvre étudiant qui prit tous ses degrés.

FABRICIO, *attendri, lui prenant la main.*

Vous, un étudiant? Entrez, seigneur, entrez.

Ils descendent.

Que ne le disiez-vous? Je suis lettré moi-même
Et dois vous protéger...

Enflant ses joues.

car j'ai fait ma cinquième.

Mystérieusement.

La comtesse Berlips est dans ce cabinet
Avec don Raphaël... pour un travail secret.
Ils y sont parbleu bien depuis une grande heure;
Et moi, je reste ici de planton, à demeure.
Tous deux, à petit bruit, discutent gravement
Sur le roi, sur la reine et sur le testament.
C'est un vaste sujet!.. Mais attendez mon maître;
Je vous présenterai sitôt qu'il va paraître.

PEDRO.

Quel est ce cavalier couché tout de son long?

FABRICIO.

C'est un solliciteur qui dort dans le salon.

PEDRO.

Solliciteur qui dort? Malepeste, il me semble
Que ces expressions vont assez mal ensemble.

FABRICIO.

Celui-là dort toujours.

PEDRO.

Il a bien du bonheur!

FABRICIO.

On assure qu'il est parent de monseigneur.

Je n'en crois pas un mot; don Raphaël, je gage,
Avec mépris.
N'a pas un seul parent dans un tel équipage.
Mais on me sonne. Adieu.
D'une voix criarde, à la porte des solliciteurs.
Messieurs, dans un moment.
Il sort par la gauche,

SCÈNE III.

PEDRO, GUSMAN.

GUSMAN, se frottant les yeux.
Eh bien! c'est singulier, je m'endormais!...
PEDRO, l'examinant.
Gusman?...
En croirai-je mes yeux?... Mais, oui, cet air tranquille...
C'est lui-même!
GUSMAN, ouvrant les bras et se levant.
C'est toi? Pedro dans cette ville?
PEDRO.
Mon bon, mon cher ami! Comment, je te revoi!
Embrassons-nous encor.
GUSMAN, se laissant faire.
Quel jour heureux pour moi!
PEDRO.
Sous cet accoutrement, assez mesquin peut-être,
J'avais, je l'avouerai, peine à te reconnaître,
Et je suis étonné...
GUSMAN, avec modestie.
Mais c'est l'accoutrement
Que comporte aujourd'hui ma fortune.

PEDRO.

Vraiment?

GUSMAN.

Hélas! oui, mon ami; ces capitaux, ces terres,
Ces domaines brillants, ces champs héréditaires,
J'ai trouvé le moyen de tout perdre en sept ans.

PEDRO.

Juste ciel!... Et comment, en aussi peu de temps,
As-tu pu dévorer un patrimoine immense?

GUSMAN, *avec bonhomie.*

C'est beaucoup plus facile à faire qu'on ne pense.
Mon intendant, vois-tu, les femmes et le jeu,
Dans cet ouvrage-là, m'ont aidé quelque peu.
Enfin, pas un débris n'échappa du naufrage...

Soupirant.

Cela ne serait rien si j'avais du courage.
Cet abîme profond, qui vient de m'engloutir,
Je sens que je n'ai pas la force d'en sortir.
Et l'esprit et le corps, en moi tout est malade;
Je n'ai plus qu'à mourir.

PEDRO.

Mon pauvre camarade!

GUSMAN.

Hier, j'ai dîné, cela fit trêve à mon ennui;
Mais je ne suis pas sûr de dîner aujourd'hui,
Tant le sort ennemi s'acharne à ma poursuite!

PEDRO, *lui serrant la main.*

Quoi! tu dînas hier! Que je t'en félicite!
Voilà déjà longtemps que je ne dîne plus;
Ce repas-là, je l'ai supprimé comme abus.

GUSMAN.

Tu ris?

PEDRO.

Oui, je suis jeune et ma gaieté m'entraîne...

Gravement.

Mais j'ai bien, comme toi, plus d'un sujet de peine.

GUSMAN.

Et quel sujet de peine a pu te survenir
Pour t'affecter ainsi ?

PEDRO.

Je n'ai point d'avenir.

Je dois, pour mon malheur, aux bontés de ma mère,
Une éducation... dont je ne sais que faire.

GUSMAN, *étonné.*

Mais on s'élève à tout par son instruction !

PEDRO.

Oui, dans un temps de trouble, oui, par exception.
Mais quand l'ordre et la paix règnent dans le royaume,
Ceux qui, pour le collége, ont quitté l'humble chaume,
Quel est leur sort, hélas ? Avocats sans plaideurs,
Médecins sans clients, écrivains sans lecteurs !...

Poussant un soupir mélancolique.

Voilà précisément, dans son amitié tendre,
Ce que ma pauvre mère était loin de comprendre.
Pour me rendre savant, dans son zèle pieux,
Elle vendit gaiement le champ de ses aïeux,
Puis après, la chaumière antique et paternelle.
« Je suis pauvre, il est vrai, mais aussi (disait-elle)
» Pèdre est riche en talents ; je n'ai besoin de rien ;
» Il nourrira sa mère, il sera mon soutien !.. »
On s'abuse aisément sur un fils que l'on aime ;
Ah ! je ne parviens point à me nourrir moi-même!..
Chacun s'imaginait, dans mon pays natal,
Que je serais au moins ministre... ou cardinal;

Hélas! je ne suis rien, tu le vois, et ma mère,
Qui m'a tout immolé, s'éteint dans la misère!...

GUSMAN, *avec modestie et gaieté.*

Que moi, qu'un ignorant ait si mal réussi,
C'est tout simple, c'est juste; il en doit être ainsi.

Avec respect.

Mais toi qu'à leurs enfants toutes les mères citent,
Toi, comment n'es-tu rien?

PEDRO.

Tant de gens sollicitent!

GUSMAN.

Dans la foule, mon cher, tu dois être aperçu:
Ton éducation...

PEDRO.

Qui n'en a pas reçu?

Les bourses des couvents, celles des séminaires
Rendent l'esprit commun et les talents vulgaires.
Cette ville en fourmille, et dans tous les quartiers
On ne voit que docteurs, misère et bacheliers.
Aussi, quand par hasard une place est vacante,
Au lieu d'un candidat, on en trouve cinquante.
Découragé parfois d'un retard éternel,
J'ai voulu retourner à l'état paternel.
Mais cette illusion était bientôt déçue;
Un bachelier peut-il conduire une charrue?

GUSMAN.

Tout ce que tu m'apprends m'étonne au dernier point.

PEDRO.

Gusman, écoute encore, et ne m'interromps point.
Tu connais mon début, lorsque de Ségovie
Je vins à Salamanque, où j'entrai dans la vie?
Mais jamais je n'obtins de triomphes si grands,

Si complets, que l'année où tu quittas les bancs.
En latin comme en grec, comme en métaphysique,
Mon nom fut sans rival et mon succès unique !
Chacun battait des mains; les parents attendris
A mon heureuse mère enviaient un tel fils;
Enfin, j'eus de la gloire en version, en thème,
Et le corrégidor me couronna lui-même!!!
J'étais, dans ce moment, moins qu'un dieu, plus qu'un roi.
Le lendemain d'un jour si fortuné pour moi,
Quand, le cœur plein encor d'émotions si chères,
Et tout chargé de prix, j'allai voir les bons pères,
Mon principal me dit avec paternité :
Vous entrez aujourd'hui dans la société;
L'avenir est à vous, le passé vous protége.
Vous fûtes, mon ami, le premier au collége:
Indubitablement vous le serez partout;
Choisissez un emploi, vous êtes propre à tout.
— Dès-lors qu'il ne s'agit que de vouloir, mon père,
J'ai, de tout temps, aimé le métier de la guerre:
Mon choix est fait. — A quoi le vieillard répondit:
C'est justement le seul qui vous soit interdit.
Qui n'a pas traversé l'Ecole militaire,
Languit sous-officier et meurt dans la misère.
Ainsi, sur d'autres points consultez votre goût,
Car, excepté cela, vous êtes propre à tout.
— Si j'étais commerçant? — Oh! c'est une autre affaire.
Est commerçant qui veut, la loi laisse tout faire;
Sous ce rapport du moins entière liberté.
Cependant!... un obstacle a toujours existé.
Il faut, pour exercer le commerce ou la banque,
Des capitaux nombreux, et c'est ce qui vous manque.
Ainsi, réfléchissez, consultez votre goût;
A cela près, mon fils, vous êtes propre à tout.

—Avocat?—Pour le coup, vous êtes raisonnable!
Avocat, cet emploi me paraît convenable.
Point de frais de patente et d'établissement;
Il faut, pour réussir, des talents seulement;
Et vous ne craignez pas d'être mis à l'épreuve.
Allez donc, défendez l'orphelin et la veuve!
Pourtant!... ce choix présente une difficulté;
Mais c'est la seule. Il faut suivre la faculté
Pendant trois ou quatre ans; il faut rester peut-être
Cinq ou six ans encor pour se faire connaître.
Vous ne le pouvez pas; consultez votre goût;
A cela près, mon fils, vous êtes propre à tout.

Devenant sérieux.

Ce discours me surprit sans m'ôter le courage.
J'expliquai sa froideur par les glaces de l'âge,
Et j'allai, sur l'avis qui m'en était donné,
Voir le corrégidor qui m'avait couronné.
Ou je m'étais beaucoup exagéré ma gloire,
Ou bien ce magistrat a fort peu de mémoire:
C'était le lendemain de mon ovation,
Et je fus obligé de lui dire mon nom.
J'osai solliciter de sa bonté puissante
La place de greffier en ce moment vacante.
Vous greffier, mon ami? dit-il: apparemment,
Vous oubliez qu'il faut un cautionnement?...
Je sentis la rougeur me monter au visage;
Mais, contenu devant un si grand personnage,
Mon orgueil descendit bientôt à le prier

Humblement.

De me nommer du moins commis de ce greffier.
Mais un commis, dit-il, vous l'oubliez encore,
Doit savoir par état ce que son chef ignore.

Leur gestion diffère essentiellement ;
Car l'un a le travail, l'autre le traitement.
Avez-vous les talents que cette place exige?...

      Avec orgueil.

Mais je suis bachelier, seigneur, lui répondis-je.
— Vous êtes bachelier? Le beau titre en effet !
Bachelier !... Ainsi donc, vous savez ce que c'est
Qu'un archonte, un consul, et vous seriez sans peine
Commis de Cicéron, greffier de Démosthène?
Mais très-certainement vous ignorez encor
Les devoirs d'un alcade ou d'un corrégidor.
Livré, depuis l'enfance, aux classiques études,
Vous ne connaissez pas nos lois, nos habitudes.
En Espagne, mon cher, pour faire son chemin,
Il faut un Espagnol et non pas un Romain !...

      Avec sang froid.

Le plus ferme courage à la fin se rebute.
Du ciel jusqu'aux enfers tombé de chute en chute,
Repoussé, méconnu, honteux de mon erreur...
J'entrai, sixième clerc, chez un vieux procureur ;
Puis, jusqu'à l'humble huissier il me fallut descendre !
Je végétais ainsi, quand on me fit comprendre
Que Salamanque était sans ressource pour moi,
Qu'à Madrid seulement j'obtiendrais un emploi,
Et que j'y trouverais le terme de mes peines.
Je suis donc à Madrid depuis quatre semaines !
J'y suis, d'un but unique occupé désormais ;
J'y suis, frappant partout sans qu'on m'ouvre jamais:
J'y traîne amèrement ma pénible existence,
Abandonné de tous... mais non de l'espérance ;
Sans amis, sans parents, sans abri, sans secours,

      Se grandissant.

Mais résolu de vivre et de lutter toujours.

GUSMAN, *avec admiration.*

Bravo! Voilà, mon cher, de la fermeté d'âme,
Voilà de la vigueur...

Se retournant.

Mais quelle est cette femme
Au regard si hautain?

PEDRO.

Attends donc!... c'est, je crois,
Le ministre en jupons qui nous donne des lois.

Ils sortent par la droite.

~~~~~~

SCÈNE IV.

MENDOCE, LA COMTESSE BERLIPS, *précédée
de deux pages, dont l'un se place en arrière;*
FABRICIO, *en arrière.* PEDRO *et* GUSMAN,
cachés dans un cabinet.

LA COMTESSE, *avec dignité.*

Assez, don Raphaël, assez! quelle séance!
Ainsi, plusieurs objets d'une haute importance
Sont réglés maintenant.

D'un air tout gracieux.

Premier point exigé,
Vous placerez demain mon jeune protégé,
Minaudant.
Un cavalier charmant!

MENDOCE, *s'inclinant profondément.*

Dès demain, Excellence.

LA COMTESSE, *sévèrement.*

Second point, poursuivez les amis de la France.

MENDOCE, *s'inclinant encore.*

Comtesse, avec ardeur.

LA COMTESSE, *d'un ton solennel.*

                  N'en déplaise à d'Harcourt,
Cette cause est perdue, elle l'est sans retour.
Oui, malgré les agents que l'on met en campagne,
Jamais le duc d'Anjou ne sera roi d'Espagne.

    Minaudant.   Se tournant vers Mendoce.

Mon éventail..... Il est arrivé ce matin
Une femme, un démon, une Française enfin !
Vous autres Castillans, vous êtes bons, dociles.
Mais ces damnés Français ne sont pas si faciles !
Ils agitent l'Europe, ils troublent l'univers...

        D'un ton de petite-maîtresse.

Je ne puis en voir un sans avoir mal aux nerfs.

    Au même page.   A Mendoce.

Mon flacon... En Espagne ils ont toute influence;
Leur langue y règne seule. Oh! que je hais la France !
Mais ce qui m'humilie et me blesse à l'excès,
C'est d'être condamnée à le dire en français!...
Vous êtes pour beaucoup dans tout ce qui se passe.

       MENDOCE, *interdit.*

Qui, moi?

     LA COMTESSE, *avec sévérité.*

    Votre mollesse engendre leur audace.

       MENDOCE.

Qu'entends-je?

      LA COMTESSE.

     Je l'ai dit au ministre tout haut,
Votre capacité me paraît en défaut.
Oui, depuis quelque temps, sous vos yeux on conspire.
Et sur l'esprit public vous n'avez plus d'empire.

      MENDOCE, *à part.*

Maudit commis si sûr, si prompt à me servir !

De quoi diable s'est-il avisé de mourir?

LA COMTESSE, *d'un air impérieux.*

Résumons-nous. J'ai dû, dans votre intérêt même,
Vous désigner les gens que je hais, ceux que j'aime.
Connaissant mes désirs, vous savez vos devoirs;
Allez.

MENDOCE, *s'avançant comme pour faire une objection.*

Madame...

LA COMTESSE, *avec hauteur.*

Allez!... j'augmente vos pouvoirs;
Mais aussi, faites-en l'usage convenable;
Frappez, emprisonnez, je vous rends responsable.

Il sort par la gauche.

~~~~~~

SCÈNE V.

LA COMTESSE ET SES PAGES; FABRICIO, *dans
le fond*; PEDRO ET GUSMAN, *cachés.*

LA COMTESSE.

Allemande, je veux un monarque allemand.
Oui, loin, bien loin la France! il serait beau, vraiment,
De voir le vieux Louis, qui tremble dans Versailles,
Gagner une couronne en perdant vingt batailles!

Appelant Fabricio.

Dis moi!... je t'ai placé, je ferai plus un jour;
Mais il faut, bon vieillard, me payer de retour.

Baissant la voix.

Vois, examine, écoute, et, si tu veux m'en croire
Tâche, pour avancer, d'avoir de la mémoire.

Elle met le doigt sur sa bouche et sort.

SCÈNE VI.

FABRICIO; PEDRO et GUSMAN, *cachés.*

FABRICIO, *se croyant seul.*

La comtesse me donne un singulier emploi !
Je suis très-curieux, mais je le suis pour moi.
Dénoncer pour avoir une place plus belle ;
Fi !... Je perdrais plutôt celle que je tiens d'elle.

Il sort avec humeur.

SCÈNE VII.

GUSMAN et PEDRO, *se montrant.*

PEDRO.

L'étrangère, qui fait trembler tout le palais,
La fameuse Berlips, enfin tu la connais ?

GUSMAN.

Et je ne suis pas fier de cette connaissance !

PEDRO, *effrayé.*

Parlons plus bas, ami ; car tu vois sa puissance.
Elle ordonne, elle règne, elle opprime surtout.

GUSMAN.

Je ne sais qu'une chose ; on la maudit partout.
Les affaires d'État n'ont rien qui m'inquiète ;
Jamais je ne regarde au-dessus de ma tête.
Pourtant, depuis dix jours, j'ai fort bien observé
Qu'on s'agite beaucoup ; qu'est-il donc arrivé ?

PEDRO.

Tu sais que jeune encor, mais vieux par la souffrance,
Charles deux va finir sa trop longue existence ?

GUSMAN.

Oui, sans doute.

PEDRO.

Tu sais, avec le monde entier.
Que, marié deux fois, il n'a point d'héritier ?

GUSMAN.

Poursuis.

PEDRO.

Dans ce pays, l'inquiétude est grande,
L'Aragon s'est ému, la Castille demande
Qu'un successeur du roi soit désigné par lui ;
C'est demain qu'il le nomme et peut-être aujourd'hui.
Tu dois juger combien il s'est formé d'intrigues,
Combien de factions, de complots et de ligues ?
De là vient, mon ami, notre agitation.
L'Europe entière aspire à la succession ;
La France, l'empereur et la Grande-Bretagne
Offrent leurs candidats et caressent l'Espagne.
Certes, le duc d'Anjou l'eût emporté vingt fois,
N'était cette Berlips, qui repousse un tel choix.
Une étrangère, ici, commande en souveraine !

GUSMAN.

D'où lui vient son crédit ?

PEDRO.

Elle a servi la reine,
Simple femme de chambre, elle arriva bientôt,
A force de souplesse, au poste le plus haut.

GUSMAN.

On dit qu'elle a beaucoup de talents ?

PEDRO.

Qui le nie ?
Ce qu'en elle je hais, c'est surtout son génie.

Elle a, je le sais trop, un courage éprouvé,
Un caractère bas, un esprit élevé.

GUSMAN, *indolemment, et avec un peu d'humeur.*

Eh ! faut-il de cela nous tourmenter la tête?
Que ce soit l'archiduc ou d'Anjou qu'on nous jette,
Qu'importe ?... Mais venons à toi, mon pauvre ami.

PEDRO.

Hélas ! tu ne connais mon malheur qu'à demi;
Je suis amoureux.

GUSMAN.

Toi?

PEDRO , *d'un ton sentimental.*

D'une femme accomplie ,
Que j'ai vue une fois, en lui sauvant la vie.

GUSMAN, *le contrefaisant.*

Incident tout à fait romanesque !... Dis-moi,
Qui t'amène en ce lieu?

PEDRO.

Je demande un emploi.

GUSMAN.

Eh ! j'en veux un aussi.

PEDRO.

Dans les bureaux?

GUSMAN.

Sans doute.

PEDRO , *tristement.*

Je ne suis pas heureux !

GUSMAN, *avec gaieté.*

Comment! il me redoute?

PEDRO , *avec élan.*

Ah! connais mieux mon cœur! Quoi qu'il puisse arriver,
Puisque mon bon destin m'a fait te retrouver,

Jamais, Gusman, jamais le démon de l'envie
Ne pourra délier le saint nœud qui nous lie.

Ils se serrent la main.

FABRICIO, entrant.

Messieurs, pour un instant passez de ce côté.

Ils sortent par le fond; Fabricio regarde Gusman avec
surprise.

∿∿∿∿∿∿∿∿∿∿∿∿∿∿∿∿∿∿∿∿∿

SCÈNE VIII.

FABRICIO, ISABELLE et ÉMERANCE, entrant
par le fond du théâtre, porte de droite.

ÉMERANCE, à Isabelle, qui rit aux éclats.

Qui vous amuse ainsi?

ISABELLE, avec pantomime.

L'aplomb, la gravité

De tous ces Espagnols...

En marchant, elle arrive à Fabricio et lui rit au nez.

FABRICIO, sans se déconcerter.

La sen... ora... veut-elle

Me... décliner son nom?

ISABELLE, contrefaisant sa lenteur.

Ann... oncez... Isa...belle.

FABRICIO, impassible.

Fort bien, c'est le... prénom; mais il faudrait aussi.
Me dire... votre nom.

ISABELLE.

Comtesse... de Crécy...

ÉMERANCE, étonnée.

Comtesse de Crécy!

FABRICIO, à part, en secouant la tête.

Cette... belle étrangère,

2

Qui ricane si bien... n'a point l'art de me plaire.

D'une voix glapissante, à la porte des solliciteurs.

Tout à l'heure, messieurs.

Long murmure; il sort avec force révérences.

~~~~~~

SCÈNE IX.

ISABELLE, ÉMERANCE.

ISABELLE, *contrefaisant gaiement les révérences de Fabricio.*

Rien n'est gai, rien n'est beau
Comme l'air important d'un garçon de bureau.

ÉMERANCE.

Pourquoi dissimuler votre nom ?

ISABELLE, *gravement.*

Émerance,
Les choses ne vont pas à Madrid comme en France.
Ici tout est bizarre, hommes, événements ;
Ne demeurons-nous pas au pays des romans ?
J'ai cru devoir me mettre à l'unisson d'avance.
Puis, le mystère donne un avantage immense ;
Connu de moi, Mendoce ignore qui je suis ;
Tu verras, mon enfant, l'effet que je produis !...

La regardant.

Mais tu n'écoutes pas ?

ÉMERANCE, *embarrassée.*

Pardon...

ISABELLE.

Toujours rêveuse !...
Il faut, décidément, que tu sois amoureuse.

ÉMERANCE.

A... moureuse ? et... de qui ?

ISABELLE, *d'un ton moqueur.*

De ce bel inconnu,
De ce libérateur qui du ciel t'est venu !

ÉMERANCE.

Quittez ce ton badin.

ISABELLE.

Et toi, quitte, ma chère
Ton emphase espagnole et ton amour vulgaire.

ÉMERANCE, *avec feu.*

Mon amie, écoutez !... Ce langage moqueur,
Qu'a dicté votre esprit, fait tort à votre cœur.
Avez-vous oublié quel danger fut le nôtre ?
Ah ! je lui dois ma vie... et, qui plus est, la vôtre.
Dans le cirque, un taureau, frémissant de courroux,
Renverse la barrière et s'élance vers nous ;
Tout s'éloigne, tout fuit et nous livre à sa rage.
C'est alors que paraît, ardent, plein de courage,
Cet inconnu qu'amène un fortuné hasard.
Léger comme la foudre, il accourt, son poignard
Piquant au bas du cou l'animal redoutable,
A nos yeux, raide mort, l'a jeté sur le sable.
Aussitôt, tout entier un peuple admirateur
Célèbre par ses cris notre libérateur ;
Les pieds, les mains, les voix applaudissent ensemble !...
Confus de sa victoire, il s'intimide, il tremble,
Il se perd dans la foule, et dérobe à nos yeux
Son courage modeste et son front glorieux.

ISABELLE.

Quelle description animée et savante !
Je crois encore lire un roman de Cervante.

D'un ton goguenard.

Mais ce triomphateur, au courage éclatant,

M'a l'air d'être assez mal avec l'argent comptant.

ÉMERANCE, *humiliée.*

Quelle réflexion !

ISABELLE.

Tu permets, je suppose,
Qu'à tant de poésie on mêle un peu de prose ?
Avec dédain.
C'est quelque... étudiant, je ne m'y trompe pas.

ÉMERANCE, *blessée.*

C'est un homme d'esprit, j'en suis sûre.

ISABELLE.

En ce cas,
Il sera l'instrument d'un adroit personnage,
Appliquant les talents d'un autre... à son usage.
Choisir un pareil homme est vraiment un travers;
Quelle dot aura-t-il? de la prose et des vers.
Marier le besoin avec la poésie,
L'agréable union! l'aimable fantaisie!

FABRICIO, *annonçant.*

Le comte de Mendoce, Alma, de Sandovic,
Chargé de la police et de l'esprit public.

SCÈNE X.

MENDOCE, FABRICIO, ISABELLE, ÉMERANCE,
*dans le fond. Mendoce entre sans saluer, dé-
pose son portefeuille, son épée et s'assied*

ÉMERANCE, *bas, à Isabelle.*

Il nous laisse debout !

ISABELLE, *bas.*

Les commis, Émerance,

Sont, dans la péninsule, aussi polis qu'en France.

MENDOCE, *à Fabricio.*

J'attends.

Fabricio fait signe aux dames de s'approcher.

ISABELLE.

Une amitié fort étroite, seigneur,
M'unit, depuis longtemps, à votre belle-sœur.

MENDOCE, *d'un air mécontent.*

Avec ma belle-sœur ?

ISABELLE.

Il faut que j'en convienne,
Son intérêt m'est cher...

Finement.

Et sa cause est la mienne.

MENDOCE.

En ce cas, senora, nous sympathisons peu.
Cette femme devint ma sœur sans mon aveu ;
Je ne la connais pas.

ISABELLE, *avec dignité.*

Voulez-vous bien m'instruire
De vos griefs ?

MENDOCE, *avec humeur.*

Elle est... puisqu'il faut vous le dire...

A moitié suffoqué.

Elle est Française.

ISABELLE.

Eh bien, c'est un tort des plus grands,

Avec gaieté et en regardant le public.

Que partagent, dit-on, beaucoup d'honnêtes gens.

MENDOCE.

Puis, on prétend qu'elle est sans esprit.

ISABELLE, *avec aplomb.*

Elle espère
Pouvoir incessamment vous prouver le contraire.

MENDOCE.

Enfin, j'aime beaucoup les caractères doux ;
Le sien est tracassier, impérieux, jaloux.

ISABELLE , *avec mansuétude.*

On vous trompe ! elle est douce, un regard l'embarrasse.
Tenez, si maintenant elle était à ma place,
Elle que vous taxez de rudesse et d'orgueil,
    De l'air le plus gracieux.
N'oserait pas vous dire : Offrez-nous un fauteuil.

ÉMÉRANCE, *bas, à Isabelle.*

Vous allez le fâcher ?

ISABELLE , *bas , avec aplomb.*

Non.

MENDOCE, *se levant avec dignité.*

D'un oubli coupable
On peut, sans le vouloir, être un moment capable ;
Mais un vrai Castillan sait toujours se montrer
Honteux de l'avoir eu, fier de le réparer.
Il fait signe à Fabricio d'offrir des fauteuils qu'Isabelle
    n'accepte pas.

A Isabelle.

Vous riez?... J'entrevois je ne sais quel mystère,
Et... Qui donc êtes-vous ?

ISABELLE, *d'un air très-gai.*

Veuve de votre frère.

MENDOCE.

De mon frère ?

ISABELLE, *d'un ton larmoyant.*

Depuis six mois nous le pleurons.

MENDOCE, *s'inclinant.*

Ah! vous m'avez battu de toutes les façons!
La jeune senora, quelle est-elle?

ISABELLE.

Émerance
Est fille d'un proscrit qui vint mourir en France.

ÉMERANCE, *avec effusion.*

Sans secours, sans ami qui pût me protéger,
J'étais seule, à douze ans, sur un sol étranger.
Je m'adressais à Dieu dans ma douleur mortelle;
Dieu daigna m'exaucer, je connus Isabelle.
Elle ne savait rien de moi que mon malheur,
Et, dès qu'elle me vit, elle m'ouvrit son cœur.
Je dois à sa tendresse, à sa bonté touchante
Une éducation j'ose dire brillante.

ISABELLE.

Élevée à Saint-Cyr, sous d'augustes regards,
Elle s'est adonnée au culte des beaux-arts;
Elle représentait Esther avec une âme!...
Mais elle est sans fortune.

MENDOCE, *avec feu.*

Eh! qu'importe, madame,
Quand on a les talents et la beauté qu'elle a?

ISABELLE, *avec une douce malice.*

... Il faudrait une dot pour faire passer ça.
Mais si je mène à bien ma nouvelle entreprise,
Se tournant vers Emerance.
L'orpheline est sauvée et la dot est conquise.

MENDOCE.

Et l'on vous accusait! et je vous crus des torts!
Aveugle!... Mon crédit, ma bourse, mes remords,
Je mets tout à vos pieds; disposez-en, madame.

ISABELLE.

Votre crédit, voilà tout ce que je réclame ;
Le but de mon voyage est d'obtenir par vous
La restitution des biens de mon époux.

~~~~~~

SCÈNE XI.

MENDOCE, FABRICIO *dans le fond*, ISABELLE,
ÉMERANCE.

FABRICIO, *s'avançant.*

Seigneur, il se fait tard, et la foule murmure.

MENDOCE, *impatienté.*

Ces gens sont bien pressés !

FABRICIO , *doucement.*

Voilà, je vous assure,
Quatre heures pour le moins qu'ils attendent.

MENDOCE, *avec humeur.*

Vraiment,
Dans les emplois publics, on n'a pas un moment !
Allons... introduis-les, que je les expédie.

Aux dames, du ton le plus aimable.

Dans mon appartement rendez-vous, je vous prie.

Il baise la main d'Isabelle.

~~~~~~

SCÈNE XII.

MENDOCE, *assis*, FABRICIO, *puis* PEDRO *et*
GUSMAN.

FABRICIO, *à part, dans le fond.*

Ah ça, faisons d'abord arriver nos amis.

Annonçant, après avoir déroulé la feuille d'inscription.

Pedro.

MENDOCE, *à Pedro.*

Que voulez-vous?

PEDRO, *entré par le fond.*

Un emploi de commis.

MENDOCE, *se gourmant.*

Quels sont vos protecteurs?

PEDRO.

Une belle écriture,
De bons certificats et beaucoup de droiture;
Je chiffre, je rédige avec facilité,
Et je possède à fond la comptabilité.

MENDOCE.

Voilà des titres, bien!... Mais qui vous recommande?

PEDRO, *humblement.*

Personne.

MENDOCE.

C'est trop peu... La concurrence est grande;
Or, si je vous choisis comme vous m'en pressez,
Je n'oblige que vous, et ce n'est point assez.

PEDRO.

Je servis quelque temps un ministre en disgrâce,
Et j'appris avec lui ce qu'on apprend en place,
Les finances, l'impôt, l'administration.

MENDOCE, *avec mépris.*

Un ministre en disgrâce!

PEDRO, *avec empressement.*

Oui, j'invoque son nom.

MENDOCE, *à Fabricio.*

Un autre.

Pedro s'éloigne.

FABRICIO, *à part, dans le fond.*

Le dormeur... et le public ensuite.

Développant et lisant sa feuille d'inscription.

Don Louis de Gusman, de Véga, d'Érapite,
D'Aranda...

   Se peut-il?

       Del Sol, de Pénafiel.

    MENDOCE, *à part, en se levant.*

Qu'entends-je? mon cousin!

     FABRICIO, *à part.*

       Mon jeune maître, ô ciel!

  Haut en ouvrant à la porte.

Entrez.

    MENDOCE, *à Fabricio en s'éloignant.*

   N'introduis pas!

     FABRICIO, *à part, avec joie.*

       Quelle douce surprise!

    MENDOCE, *très-haut.*

Le ministre m'attend, l'audience est remise.

     FABRICIO, *consterné.*

Mais le public murmure!

     MENDOCE.

       Et le public a tort.

Suis-moi.

     FABRICIO, *interdit.*

   Pauvre Gusman!

    MENDOCE, *à Fabricio.*

       A jeudi, c'est d'accord;

Témoigne des regrets.

      Il sort par la gauche.

    FABRICIO, *d'une voix criarde.*

      A jeudi l'audience;

Nous sommes demandés près de son excellence.

  Long murmure dans la coulisse.

SCÈNE XIII.

FABRICIO, *dans le fond*, PEDRO, GUSMAN.

FABRICIO *précipitamment, aux deux amis.*

Pst ! pst !... Gardez-vous bien de vous décourager ;
Je vous aime tous deux, et veux vous protéger.
Ce soir, demain... ayons tous trois une entrevue...

A part avec désordre.

Je n'ai pu lui parler, tant mon âme est émue !

Il sort par la gauche.

SCÈNE XIV.

GUSMAN, PEDRO.

GUSMAN, *abattu.*

Eh bien, Pedro, tu vois comme l'on m'a traité ?
Que dis-tu de cela ?

PEDRO.

Que tu l'as mérité.

GUSMAN.

Moi ?

PEDRO.

Quand on a ton nom et que l'on sait combattre,
Sous le poids du malheur se laisse-t-on abattre ?
Les obstacles sont grands, devenons grands comme eux ;
Viens, mon cher, viens, j'aurai du courage pour deux

Il le prend sous le bras et l'emmène.

FIN DU PREMIER ACTE.

ACTE DEUXIÈME.

SCÈNE PREMIÈRE.

PEDRO, GUSMAN, *entrant par le fond.*

GUSMAN.

Non, je ne reviens pas de mon étonnement ;
Ce vieillard, qui marchait si phlegmatiquement,
Cet homme à la voix haute, au front chauve, au teint blème,
C'est là Fabricio, m'as-tu dit ?

PEDRO.

C'est lui-même ;

GUSMAN.

Quoi ! l'ancien serviteur de ma famille ?

PEDRO.

Eh ! oui ;

Le fait est positif, car je le tiens de lui.

GUSMAN.

En revenant le voir, quel est ton but ?

PEDRO.

Écoute.

A son maître actuel il tient beaucoup sans doute ;
Mais il est pour l'ancien plein d'un zèle si beau,
Qu'à sa voix il est prêt à déplaire au nouveau.

GUSMAN, *riant.*

Et pourquoi veux-tu donc que l'honnête Fabrice
Se brouille avec son chef ?

PEDRO.

Pour te rendre service.
Depuis hier au soir 'ai combiné cela ;
Je veux qu'il te protége, et...

GUSMAN, *l'interrompant.*

Que me dis-tu là ?
Me protéger ?

PEDRO.

Sans doute ; il vient de le promettre.

GUSMAN.

Un garçon de bureau me protéger ?

PEDRO.

Peut-être.

GUSMAN.

Ce serait un appui curieux et nouveau.

PEDRO, *gravement et d'une voix haute.*

Parlons avec respect des garçons de bureau.....
Quelquefois, je le tiens de gens d'expérience,
Un petit protecteur vaut mieux qu'une excellence;
L'escalier dérobé mène un solliciteur
Un peu plus loin souvent que l'escalier d'honneur.

GUSMAN.

Puisqu'il en est ainsi, je me laisse conduire.

PEDRO.

Notre homme m'a, d'abord, promis de t'introduire;
C'est, dans la circonstance, un point fort important.

GUSMAN.

Quand m'introduira-t-il ?

PEDRO.

Aujourd'hui, dans l'instant.

FABRICIO, *entrant tout effaré par la gauche.*

A causer avec vous j'aurais bien de la joie ;
Mais on me suit, sortez, de peur qu'on ne nous voie.

Pedro et Gusman sortent par le fond.

~~~~~~

SCÈNE II.

FABRICIO, LA COMTESSE, *entrant par la gauche.*

LA COMTESSE.

Reprenons l'entretien, car je veux tout savoir.
Quand cette veuve est-elle arrivée ?

FABRICIO.

Hier soir.

LA COMTESSE.

Sa demeure ?

FABRICIO.

Est chez nous.

LA COMTESSE.

Son nom ?

FABRICIO.

Est Isabelle.

LA COMTESSE.

Et son âge ?

FABRICIO.

Trente ans.

LA COMTESSE.

Plus de doute, c'est elle
Veuve d'un Espagnol, Isabelle, trente ans ;
C'est là ce qu'on m'écrit, c'est là ce que j'attends.
Il faut en convenir, son audace est extrême !

Elle s'est établie? où? dans le palais même.
Riant.

Et ce pauvre Mendoce? Il n'a rien deviné.
Ce pays-ci, vraiment, est fort bien gouverné!
J'admire, quant à moi, la haute prévoyance
Du chef de la police; un incident immense,
Qui doit fixer le sort de l'État et le sien...
Gaiement.

Va se passer chez lui sans qu'il en sache rien.
Devenant tout à coup rêveuse.

Quelque chose, au surplus, qui me rend moins tranquille,
C'est le roi, c'est ce prince indolent, imbécile,
Qui de tout se fatigue et de rien ne s'émeut,
Finement.

Qu'il faut toujours contraindre à faire ce qu'il veut.
Il aime l'archiduc, il le flatte, l'estime;
Mais l'a-t-il nommé? non... Être pusillanime!
FABRICIO, à part.

Le roi Charle, en effet, est un roi singulier;
Il ne sait ni choisir ni faire un héritier!!
LA COMTESSE.

Ce maudit testament, que toujours il médite,
Il mourra sans l'écrire; et c'est ce qui m'irrite!
S'animant.

Contre la reine il faut que je me fâche, moi,
Afin qu'elle se fâche aussi contre le roi;
Il faut que vers mon but ma volonté l'entraîne,
Fièrement.

Et puisqu'il n'est pas roi, c'est à moi d'être reine!
Les actes de vigueur, qui vont me précéder,
Feront voir si j'étais digne de commander;
Avec énergie.

Rentrons chez Raphaël.
Elle sort, Fabricio la suit.

SCÈNE III.

ÉMERANCE, ISABELLE, *entrant par la droite.*

ISABELLE.

Gémiras-tu sans cesse ?
Pourquoi ces yeux baissés, cette sombre tristesse ?

ÉMERANCE, *soupirant.*

Pauvre jeune homme ! hélas ! je ne dois plus le voir.

ISABELLE, *vivement.*

Au contraire.

ÉMERANCE, *accourant à elle.*

Comment ? auriez-vous pu savoir
Ce qu'il est, ce qu'il fait ?

ISABELLE.

Non ; mais je sais l'usage.
Un roman finit-il à la première page ?
Gaiement,
Ce serait, en Espagne, un contre-sens grossier !
D'un ton déclamatoire.
Un amant a toujours un démon familier,
Qui le mène tout droit à celle qu'il adore ;
D'un ton railleur.
Ainsi, rassure-toi, tu le verras encore.

ÉMERANCE.

Ah ! madame, ce trait est-il bien généreux ?

ISABELLE, *souriant.*

Oui, j'ai tort de railler un amour malheureux.

ÉMERANCE.

Pour changer d'entretien, permettez à mon zèle
Avec importance.
Un conseil !

ISABELLE, *avec une déférence ironique.*

Un conseil? toujours je les appelle.

ÉMERANCE, *avec une importance naïve.*

Aller en plein midi chez le comte d'Harcourt,
Est-ce prudent? On va le savoir à la cour.
La comtesse Berlips, si vous n'y prenez garde,
Concevra des soupçons; on nous suit, nous regarde,
Et dans ce pays-ci l'on n'est pas indulgent.
Moi, je tremble pour vous!

ISABELLE, *persiflant.*

Mon cher petit régent,
J'écoute avec bonheur tes avis; je professe
Le plus profond respect pour ta haute sagesse;
Mais un léger conseil à mon tour. Quand j'ai tort,
Ta raison de seize ans me gourmande un peu fort.
Il me semble surtout qu'en cette circonstance
Tu maltraites beaucoup mon inexpérience.
Peut-être faudrait-il, avant de me juger,
Connaître les motifs qui m'ont pu diriger.
Les voici, mon enfant. Crois-tu qu'on se défie
De l'air évaporé d'une femme étourdie?
Crois-tu qu'un ministère en puisse prendre peur,
Et, sous tant de gaieté, cherche un conspirateur?
Eh! non, mille fois non... ce serait, au contraire,
S'afficher que d'avoir une tenue austère.

D'un ton railleur.

Si j'étais... comme toi, pleine de gravité,
La Berlips m'eût déjà ravi la liberté.
Ainsi, comme tu vois, ma folie est prudence.
Je cache mes desseins sous mon extravagance;
En bravant les regards, je les fuis, et me mets
A l'abri du soupçon, quand je me compromets.

3

ÉMERANCE, *avec admiration.*

Où donc avez-vous pu cultiver, à votre âge,
La haute politique ?

ISABELLE, *gaiement.*

..... En réglant mon ménage.

C'est grâce aux mêmes soins, appliqués autrement,
Qu'on mène son époux et le gouvernement.
Notre sexe, accusé de tant d'impéritie,
Connaît les profondeurs de la diplomatie.
Il porte ce talent au suprême degré,

Avec verve.

Il prépare, combine, exécute à son gré ;
Et cette habileté nous rendrait souveraines
Partout, comme toujours, si les femmes, moins vaines,
Au lieu de l'appliquer sans profit, sans éclat,
Aux chiffons... l'appliquaient aux affaires d'État.

Posément.

Puisque j'ai commencé des aveux, Émerance,
Je ne te ferai pas de demi-confidence.
Ton caractère est sûr, et ta discrétion
Est égale, je pense, à ton affection.
Tu vas donc tout savoir !

Emerance s'approche.

Recouvrer mon domaine
Est le prétexte et non le motif qui m'amène.
Mon véritable but, ma mission enfin
Sont...

ÉMERANCE.

De grâce, achevez.

ISABELLE, *après avoir regardé autour d'elle.*

De faire un souverain.

ÉMERANCE.

Un souverain ?...

ISABELLE.

Je sais que cette œuvre est immense,
Que Londre et Vienne ont fait une étroite alliance,
    Élevant la voix.
Mais on peut tout oser, lorsque l'on a pour soi
Du courage et l'appui du confesseur du roi.

ÉMERANCE, *effrayée.*

Vous aurez, mon amie, une lutte cruelle;
La comtesse Berlips...

ISABELLE, *avec feu.*

        Je triompherai d'elle!

ÉMERANCE.

Vous savez qu'elle exerce un ascendant fatal?
Elle a la reine!

ISABELLE.

      Et moi, le confessionnal.
Laquelle est la meilleure et la mieux établie
Des deux positions?

ÉMERANCE.

      Mais la reine est jolie!

ISABELLE.

Mais le prince est malade; et dès lors, crois-le bien,
Le directeur est tout, et la femme n'est rien.
    Baissant la voix.
Nièce du confesseur, de l'abbé Saint-Herelle,
Je possède un moyen pour stimuler son zèle;
J'ai mission du roi d'offrir à ce prélat
Le siége de Tolède et le cardinalat...
    Se retournant.
Mais je devais, ici, sur moi, sur mon affaire,
Avoir un entretien avec mon cher beau-frère;
Puisqu'il ne paraît pas s'empresser d'arriver,
Il faut bien se résoudre à l'aller retrouver.

FABRICIO, *entrant par la gauche.*

Je viens vous inviter à prendre patience.
Appelé tout à coup près de son Excellence,
Mon maître, qui sera libre dans un moment,
M'a dit de vous conduire en son appartemeut.

Pendant qu'elles sortent.

Pst! pst!...

Il les suit.

SCÈNE IV.

PEDRO, GUSMAN, *accourant au signal par le fond.*

PEDRO, entrant avec précaution.

La place est vide, occupons-la bien vite.
Fabrice m'a fait signe, il vient à notre suite.
En attendant, as-tu combiné quelque plan?
Quant au mien, il est prêt, et le voici, Gusman,
C'est à tes intérêts qu'ici je me rallie;
Je m'attache à toi seul.

GUSMAN, surpris.

A moi?

Nonchalamment.

Je t'en supplie,

N'use pas sans succès un dévouement réel;
Délaisse un malheureux qu'a délaissé le ciel...

Avec un soupir.

Que ne suis-je à ta place!

PEDRO, avec feu.

Et que n'ai-je la tienne!

A ta fortune il faut que j'oppose la mienne;
Peut-être, mon ami, que la comparaison
N'est pas sans poésie, et surtout sans raison.

Lentement.

Tu sais bien qu'un aiglon, quand il part de la plaine,
La quitte lentement, et s'enlève avec peine ?

Rapidement.

Mais s'il a pris son vol d'un sommet élevé,
Aux cieux, d'un seul élan, on le voit arrivé.
Eh bien, entre nous deux telle est la différence :
Au sommet de l'État placé par ta naissance,
Dans la position où le destin t'a mis,
Tu rencontres partout des parents, des amis. .

Humblement.

Moi, je ne suis ami ni parent de personne.
Quelque soin, quelque peine, hélas! que je me donne,
C'est tout au plus, mon cher, si j'aurai, vieillissant,
Un bon point de départ; tu l'avais en naissant.

GUSMAN, *d'un ton dolent.*

Oui, ce point de départ me mène à la misère,
Et l'hôpital, voilà ma ressource dernière.

PEDRO, *avec humeur.*

C'est ta faute cent fois !... Ivre d'ambition,
Don Raphaël caresse et craint l'opinion ;
C'est là qu'est ton salut !

GUSMAN.

                    Que faut-il que je fasse?

PEDRO, *vivement.*

Mon cher, il faut le voir, lui parler face à face.

GUSMAN.

Moi ?

PEDRO, *s'animant.*

    Toi-même, à l'instant. Cours t'adresser à lui,
Dépeins ton dénument, réclame son appui,
Dis-lui que ta disgrâce est aussi sa disgrâce,
Que, dans son intérêt, il te faut une place ;

Parle, presse, menace, épouvante, promets;
Mendoce est à tes pieds.

GUSMAN.

Je ne pourrai jamais.

Allant s'asseoir.

Il faudrait un effort, et cela m'est contraire !
Moi, ma vocation était de ne rien faire,
De vivre en mon château, loin de tout appareil,

S'étendant.

Et de fumer en paix mon cigare au soleil.

PEDRO, *allant à lui.*

Prends du cœur une fois, rien qu'une fois, de grâce,

GUSMAN, *se levant avec vivacité.*

Eh bien, oui, j'en aurai.

PEDRO.

Bravo !

~~~~~~

SCÈNE V.

FABRICIO, GUSMAN, PEDRO.

FABRICIO, *hors d'haleine, entrant par la gauche.*

Que je l'embrasse !
Le voilà donc ! c'est lui ! c'est bien lui !...Monseigneur !...
Je suis... je dois... je viens... l'excès de mon bonheur...

PEDRO, *poussant Gusman.*

Mais embrasse-le donc.

GUSMAN.

C'est juste ! (*a*)

Il tend les joues.

FABRICIO.

Mon cher maître !

(*a*) Pedro, Fabricio, Gusman.

GUSMAN , *avec indolence.*

C'est qu'effectivement je crois le reconnaître...

FABRICIO.

Quel jour heureux pour moi ! Pendant quatre cents ans.
Ma famille appartint, âme et corps aux Gusmans '.

PEDRO, *faisant tourner Fabricio vers lui.*

J'espère que tu vas prêter ton assistance
A celui dont tes mains ont dirigé l'enfance ?

FABRICIO, *se tournant vers Gusman.*

Ordonnez, je n'attends que vos instructions.

PEDRO, *le faisant encore tourner.*

A ton maître actuel il faut que nous parlions.

FABRICIO, *se tournant vers Gusman.*

Cela n'est pas aisé.

PEDRO , *même mouvement.*

Pourquoi cela?

FABRICIO, *à Gusman.*

Défense
D'entrer quand il travaille avec son excellence.
Mais il s'agit de vous, j'entrerai hardiment;
Et...

Regardant Gusman avec émotion.

Comme il est grandi, ce cher petit Gusman!...

Il sort par la gauche.

∿∿∿∿∿∿∿∿∿∿∿∿∿∿∿∿∿∿∿∿∿∿∿∿∿∿∿∿∿∿

SCÈNE VI.

PEDRO, GUSMAN.

En l'abordant sois ferme et que ta voix s'anime.

GUSMAN.

Je ne suis plus en train.

PEDRO.

Homme pusillanime !

GUSMAN.

Si j'avais les talents que je n'ai point, hélas !
J'oserais davantage !

A part.

Il ne m'écoute pas !

Haut

Dans tes yeux, tout à coup, quels éclairs je vois luire !

PEDRO, *de l'air et du ton de l'inspiration.*

Profanes, à genoux ! c'est un Dieu qui m'inspire,
C'est un Dieu qui m'enflamme !... Attention, Gusman ;
Il me vient un projet délicieux, charmant,
Projet pour toi, pour moi d'une portée immense !

GUSMAN.

Et quel est-il ?

PEDRO.

Formons un pacte d'alliance.
Nous mettrons en commun dans la société,
Toi ta naissance...

Avec énergie.

Et moi ma ferme volonté.

GUSMAN.

Je ne te comprends pas.

PEDRO.

Plan fécond, plan sublime,
Et qui tous deux, mon cher, nous arrache à l'abîme !
Avec toi, tour à tour obligeant, obligé,
Je te protégerai pour être protégé.

S'exaltant.

A ta paresse offrant le secours de mon zèle,
Je ferai ta fortune, et m'appuierai sur elle.
Ce projet n'est-il pas admirable, dis-moi ?

GUSMAN, *avec calme.*

Je n'admire jamais que ce que je conçoi.

PEDRO.

Puisqu'à tes yeux mon plan n'est pas intelligible,
Je vais l'exécuter pour le rendre sensible.
J'aperçois justement ton cousin ; étends-toi
Dans ce large fauteuil, et te règle sur moi.

Il arrange les bras, la tête et les habits de Gusman avec
précipitation.

∿∿∿∿∿∿∿∿∿∿∿∿∿∿∿∿∿∿∿∿∿∿∿∿

SCÈNE VII.

GUSMAN, *couché*, PEDRO, FABRICIO *et*
MENDOCE, *dans le fond.*

MENDOCE, *à Fabricio, avec hauteur dans la
coulisse.*

Mais sait-il que je suis en affaire ?

FABRICIO.

Il insiste
Pour que je l'introduise.

MENDOCE, *avec colère.*

Eh bien, puisqu'il persiste,
Entrant par la gauche.
Je vais voir et chasser moi-même l'insolent,
Qui n'a ni feu ni gîte... et se dit mon parent !

PEDRO, *d'une voix lamentable, et un mouchoir
à la main.*

Au secours ! au secours ! ô malheur sans remède !
Don Louis de Gusman, d'Aranda, de Tolède,
Don Louis, sous le toit d'un parent inhumain,
Expire, à vingt-huit ans, de douleur et de faim.

Il couvre ses yeux de son mouchoir.

FABRICIO, *à part dans le fond.*

Qu'entends-je ?

MENDOCE, *à part.*

Que dit-il ?

PEDRO.

A la fleur de son âge
En vain tu supplias un puissant personnage ;
Son oreille fut sourde au sang, à l'amitié,
Pleurant.
Et l'on t'a refusé le pain de la pitié !
Il s'essuie.

FABRICIO, *pleurant aussi.*

Pauvre enfant !

MENDOCE, *inquiet.*

Juste ciel !

PEDRO, *faisant la grosse voix.*

Mais d'une telle offense,
De tant de cruauté je tirerai vengeance ;
Oui, mon ami, j'irai près de ton corps glacé,
Sanglotant.
Dénoncer par mes cris ceux qui t'ont repoussé.

FABRICIO, *sanglotant aussi*

Ah !...

MENDOCE, *à part.*

Grand Dieu !

PEDRO, *avec force et colère.*

Dans Madrid et par toute la terre,
Je publîrai leurs noms.

MENDOCE, *accourant effrayé.*

Voulez-vous bien vous taire ?...

PEDRO, *faisant semblant de ne pas le voir.*

Au secours !

MENDOCE.

Paix !

PEDRO.

Au sec...

MENDOCE, *lui saisissant le bras.*

Cesserez-vous enfin ?

Avec terreur.

Le ministre est encor dans le salon voisin !

PEDRO, *s'adoucissant un peu.*

Un parent !

MENDOCE, *d'un air suppliant.*

Paix, vous dis-je !

PEDRO, *sanglotant encore.*

Un homme dont le père
Avait tant fait pour vous, repousser sa prière !

MENDOCE.

Calmez-vous.

PEDRO, *sanglotant toujours.*

Son espoir était dans vos bontés !

MENDOCE.

Songez qu'on nous entend !... Fabricio, sortez.

A part pendant la sortie.

Mais quelle idée à moi, d'aller le méconnaître ?
Maladroit que je suis !... J'ai provoqué peut-être
Un éclat que d'un mot je pouvais prévenir.

Avec douleur.

Mon cousin mort chez moi, que vais-je devenir ?

SCÈNE VIII.

PEDRO, GUSMAN *assis*, MENDOCE.

PEDRO, *bas à son ami.*

Vite ! vite ! il est temps de rouvrir ta paupière...

MENDOCE.

Ciel ! il respire encore !

PEDRO.

Il revoit la lumière !

Cher ami !...

Il le presse contre son cœur.

MENDOCE.

De quel poids je me sens soulagé !

PEDRO, *doucement et avec le ton du reproche.*

C'est votre accueil si froid qui l'avait affligé !

MENDOCE.

Paix ! paix !

GUSMAN, *ouvrant tout à coup les bras.*

Je te retrouve !..

PEDRO, *avec feu, en s'y précipitant.*

Ah !

Ils se tiennent embrassés.

Ne crains plus de vivre.

La fortune, à présent, cesse de te poursuivre ;
Ton généreux cousin s'occupera de toi,
Avec autorité,
Et va, dès aujourd'hui, te donner un emploi.

Gusman se lève.

MENDOCE, *tendrement et d'une voix émue.*

Oui, je veux réparer un tort involontaire.

A Gusman.

Pourquoi de votre nom m'aviez-vous fait mystère ?

Du ton le plus amical.

Pourquoi ne pas le dire en entrant ?

PEDRO, *avec une sévérité goguenarde.*

Oui, pourquoi ?

Gusman le regarde.

MENDOCE.

Avez-vous donc manqué de confiance en moi ?

PEDRO, *le faisant tourner vers lui.*

En as-tu manqué, dis ?

MENDOCE.

Moi, j'aime tout le monde,
Et surtout ma famille ; il faut que je vous gronde.

PEDRO.

Oui, grondez-le bien fort.... quand vous l'aurez placé ;
Et vous ne devez pas en être embarrassé ;
Il a tant de talents !

Du ton de l'énumération.

Activité, droiture,
Connaissance des arts, de la littérature...

GUSMAN, *bas à Pedro, avec humeur.*

Te moques-tu de moi ?

PEDRO, *toujours du ton de l'énumération.*

Je dis la vérité !
Il sait le droit, il sait la comptabilité ;
Mais il brille surtout par le talent d'écrire...

GUSMAN, *bas à Pedro, avec colère.*

Te tairas-tu, flatteur ?

PEDRO, *impatienté.*

Mais laisse-moi donc dire !

MENDOCE.

A part.

C'est l'homme qu'il me faut !

Haut.

Eh bien ! mon cher parent,
Puisque je trouve en vous un mérite si grand,
Et qui doit rejaillir sur le nom que je porte...

Avec importance.

J'ai des travaux pour vous !

GUSMAN, *bas à Pedro.*

Que le diable t'emporte !...

A Mendoce avec dignité et vivacité.

Arrêtez! Ce portrait ne fut jamais le mien ;
Je n'ai rien, ne sais rien, et ne suis propre à rien.

PEDRO, *avec aplomb.*

J'ai dit ses qualités, seigneur; puisqu'il les nie,
J'en avais omis une... et c'est la modestie.

MENDOCE, *à Gusman, après avoir pris du papier
sur la table.*

Vous allez remplacer mon premier rédacteur,
Employé fort exact... bien que littérateur.
Vous pourrez, comme lui, loger au ministère;
Voici, pour commencer, quelques dossiers.

PEDRO, *bas à Gusman, en le félicitant.*

J'espère
Qu'à présent...

GUSMAN, *lui tournant le dos.*

Laisse-moi.

Mendoce remonte vers sa sœur.

~~~~~~

SCÈNE IX.

ÉMERANCE, ISABELLE, MENDOCE, PEDRO,
GUSMAN.

ISABELLE, *à Mendoce.*

Je vous fais compliment,
Votre hospitalité s'exerce noblement.

Souriant.

J'ai bien aussi peut-être un reproche à vous faire.
Je vous avais donné rendez-vous pour affaire
Dans votre cabinet; je vous attends encor.

MENDOCE.

Ma belle-sœur, il est une excuse à mon tort.

Montrant Gusman.

Je retrouve un cousin, et je vous le présente ;
C'est le seigneur Gusman, dont vous êtes parente.

ÉMERANCE, *apercevant Pedro.*

Dieu !

PEDRO, *apercevant Émerance.*

Que vois-je ?

GUSMAN, *à son ami.*

Eh bien ! qu'est-ce ?

ISABELLE, *bas à Émerance.*

A qui donc en as-tu ?

ÉMERANCE, *bas à Isabelle.*

Mon sauveur !

PEDRO, *bas à Gusman.*

La beauté pour qui j'ai combattu !

ISABELLE, *bas à Émerance.*

Pas d'éclat, mon enfant, évitons le burlesque.
Haut et gaiement, à Mendoce.

Cette reconnaissance est un peu romanesque ;
Mais le pays l'exige !... Avez-vous bien compris
D'où proviennent ces pleurs, cette joie et ces cris ?
Montrant Pedro.

Ce jeune cavalier, avant-hier dans l'arène,
A sauvé notre vie en exposant la sienne.
Oui, seigneur, sans cet homme, un horrible malheur...

MENDOCE.

Tout Madrid parle encor de ce trait de valeur !

ÉMERANCE, *avec feu.*

Ce touchant souvenir, don Pèdre peut le croire,
Restera pour jamais gravé dans ma mémoire.

ISABELLE, *vivement et pour rompre la conversation.*

Mais j'ai hâte, à présent, de vous entretenir
De ma supplique au roi. Je viens de réunir

Mes titres, mon contrat et ma correspondance ;
Mon beau-frère veut-il en prendre connaissance?

MENDOCE, de l'air le plus aimable.

Disposez de mon temps comme de mon crédit ,
Car je suis tout à vous.

Il remonte.

ISABELLE, bas à Emerance, qu'elle appelle du doigt
malicieusement

Que t'avais-je prédit?

Déclamant.

Le démon familier a rempli sa promesse,
Et le prince inconnu.,. retrouve la princesse.

Elle sort majestueusement. Mendoce lui donne la main.
Emerance la suit.

SCÈNE X.

GUSMAN PEDRO.

PEDRO, regardant Emerance s'éloigner.

Aimable enfant! hélas!.. trop aimable pour moi...

A Gusman avec gaîté.

Mais je puis t'adresser un compliment, à toi.
Celui qui, maudissant et le ciel et la terre,
Hier manquait d'asile... habite au ministère!
N'es-tu pas enchanté, ravi de ton bonheur?

GUSMAN.

Oui... pourtant quelque chose à présent me fait peur.

PEDRO.

Quoi?

GUSMAN.

Parbleu, les devoirs où ma place m'oblige.
Pour être rédacteur.,. il faut que l'on rédige.

PEDRO, *vivement.*

Donne-moi tes dossiers ; n'est-ce pas convenu?

GUSMAN, *ému.*

Tu ne me surprends pas, car ton cœur m'est connu.
Mais il est une chose encor plus naturelle,
Qui va, dès ce moment, avoir lieu.

PEDRO.

Quelle est-elle?

GUSMAN.

Communauté de bourse et d'habitation,
Nous devons faire aussi cette convention.
Regarde comme tiens mon réduit, mon salaire;
Pedro fait un mouvement.
Point de remercîments; ne suis-je pas ton frère?
J'en remplis les devoirs; ainsi, c'est par moitié
Que tu partageras le pain de l'amitié.

Ils s'embrassent.

PEDRO, *d'un ton solennel et avec gaieté.*

Avec un point d'appui, l'on soulève le monde,
A dit un Grec fameux, de science profonde.
Si ce Grec a raison, à dater d'aujourd'hui,
L'univers est à moi; car j'ai mon point d'appui.

GUSMAN.

Quel est ce point d'appui?

PEDRO, *avec feu.*

C'est toi, c'est ta famille,
Toute ta parenté, l'éclat dont elle brille;
C'est ton emploi, Mendoce, et le pouvoir qu'il a.
S'animant par degrés jusqu'à l'exaltation.
Tout cela m'appartient, j'exploite tout cela.
Dès ce jour, vigilant, actif, homme de tête,

4

Je ne rencontre plus d'obstacle qui m'arrête.
Mes travaux remarqués te donnant du crédit,
J'obtiens un faible poste, et le tien s'agrandit.
Encouragé par là, je redouble de zèle ;
Je me surpasse... alors ton talent se révèle.
Alors, on t'apprécie, ou s'occupe de toi,
Partout, au ministère, à la cour, chez le roi ;
Sortis, dès ce moment, de la route commune,
Nous avons devant nous puissance, honneurs, fortune,
  Avec ivresse.
Et nous en amassons tous les deux, est-ce clair ?

GUSMAN, d'un air endormi.

Tu vas te donner là bien du tourment, mon cher.

PEDRO, avec humeur.

Eh ! de quoi te plains-tu ? Te fait-on violence ?
Parle-t-on de troubler ton heureuse indolence ?
La seule chose, ami, que j'exige de toi,
C'est de te laisser faire et de compter sur moi.

GUSMAN.

C'est bien aisé.

PEDRO.

Tu vas loger ici, j'espère ?

GUSMAN.

Mais comme toi.

PEDRO.

Bureaux, police, ministère,

Tribunaux et palais se trouvent en ces lieux ;
Tant mieux pour nous ! Tu vas y fixer tous les yeux.
Avec joie, pendant que Gusman va s'asseoir.
Mon avenir a pris une teinte plus rose ;
Car, si je ne suis rien, Gusman est quelque chose.
Ne vivant pas en moi, je vis dans mon ami,

Et je vois le malheur disparaître à demi!...
Pedro s'assied devant la table et lit un dossier.

GUSMAN, *étendu.*

Que les Orientaux ont un proverbe sage!
Il vaut beaucoup mieux être arrivé qu'en voyage,
Être assis que debout, être couché qu'assis.

PEDRO, *le contrefaisant d'une voix dolente.*
Être mort que vivant, on a moins de soucis.

GUSMAN.

Quel plaisir peut valoir celui de ne rien faire?
C'est là le vrai bonheur. Tiens, Pedro, sois sincère:
Connais-tu rien d'égal à cet état charmant
Où, sur un lit bien doux, étendu mollement,
On savoure à longs trait une langueur aimable,
De veille et de sommeil mélange inexprimable?
Les yeux déjà fermés, l'esprit ouvert encor,
On veille juste assez... pour sentir que l'on dort.
Là, tout vient chatouiller et vos sens et vos âmes;
On possède de l'or, des parfums... et des femmes...
On est au ciel... on voit l'univers à genoux,
Et les songes dorés... voltigent devant vous!...

PEDRO, *se levant, la plume à la main.*

Il dort!...Vite à l'ouvrage, et sans reprendre haleine;
Montrant de la main son ami endormi.
Gusman fait sa besogne, il faut faire la mienne.
Il lit. Gusman dort, le rideau tombe.

ACTE TROISIÈME.

SCÈNE PREMIÈRE.

PEDRO, *rêveur et assis.*

Des rigueurs du destin dois-je me plaindre encore?
Je suis près maintenant de celle que j'adore.
Je la vois, je lui parle, et mon cœur est charmé !...
En ai-je bien sujet? Suis-je heureux ? Suis-je aimé ?
Et quand je le serais... Émerance ! Émerance !
Puis-je prétendre à vous, moi, sans nom, sans naissance?
Se levant avec résolution.

Un autre a tout cela ; que cet autre aujourd'hui,
Dans son propre intérêt, devienne mon appui.
Pour que la protégée à mes vœux soit propice,
Il faut que don Lous aime la protectrice.
O la bonne pensée ! Essayons... Hier soir,
Notre veuve a sur lui fixé son grand œil noir ;
Il faut alimenter cette faible étincelle.
Il sonne.

SCÈNE II.

JUANITO, *entrant par le fond,* PEDRO.

PEDRO.

Juanito, c'est demain la fête d'Isabelle ;
Va donc avec mystère à son appartement,
Et remets-lui ces vers... de la part de Gusman.
Il lui donne un papier orné de rubans.

SCÈNE III.

PEDRO, *gaiement.*

Les vers la toucheront, cœur de femme est fragile.
Mais le rendre amoureux, lui... c'est plus difficile!
Quelle œuvre j'entreprends! Vivifier l'ennui,
Animer la matière, est ma tâche aujourd'hui.
> Devenant soucieux.

Que d'obstacles, grand Dieu, quand on sort de sa sphère!
Ce qu'ont fait mes aïeux, pourquoi ne pas le faire?
Le bonheur est partout... Maudite instruction,
Qui vint développer en moi l'ambition !
J'ai beau lutter contre elle ; ivre de mes lumières,
Je me sens à l'étroit au foyer de mes pères ;
Et tout rempli d'orgueil, d'aigreur, de repentir,
Je méprise mon rang et je n'en puis sortir.
Je touche à vingt-six ans, et n'ai point de carrière,
Point d'état !... Qu'allez-vous devenir, ô ma mère ?

SCÈNE IV.

FABRICIO, *un plumeau à la main et époussetant,*
PEDRO.

FABRICIO, *par le fond.*

Quelle ardeur! On voit bien que vous êtes nouveau.
Vous arrivez avant le garçon de bureau!

PEDRO.

Je suis jeune et jamais le travail ne m'effraye.

FABRICIO *descendant.*

Gusman est moins zélé, c'est en esprit qu'il paye.

Avec émotion.

Savez-vous que mon chef est bienheureux, vraiment,
D'avoir à ses côtés un tel homme ?

PEDRO.

Comment ?

FABRICIO, *baissant mystérieusement la voix.*

C'est que don Raphël, dont l'adresse est extrême,
Dirige ceux qui font, et ne fait pas lui-même.

Avec malice.

Il a probablement ses raisons pour cela !
Tant qu'a vécu quelqu'un dont la chambre était là,

Il montre du doigt le cabinet.

Nous avons eu talents, crédit, honneurs, richesse.,
Mais ce quelqu'un est mort, et nous sommes en baisse.

Avec intérêt.

Sans Gusman... A propos ! j'ose vous en presser,
Servez-vous donc de lui pour vous faire placer.
Cela viendrait à point pour la cause si chère

Avec attendrissement.

Dont vous m'avez parlé, pour aider votre mère !
Ce serait bien encor, je l'ajoute tout bas,

Mystérieusement.

Pour un autre motif dont vous ne parlez pas !

PEDRO.

Quel motif ?

FARRICIO, *malignement.*

Devinez.

PEDRO.

Achève, je t'en prie.

FABRIĈIO.

C'est qu'il faut un emploi lorsque l'on se marie!

PEDRO, *avec effroi.*

Hein! que me dis-tu là?

FABRICIO, *gaiement.*

Parbleu, ce que je voi.
J'ai des yeux... vous aimez, on vous aime, et...

PEDRO.

Tais-toi!

FABRICIO.

Votre union...

PEDRO.

Tais-toi!.. Mais qui t'a dit que j'aime?
Je n'ose qu'en tremblant me le dire à moi-même.
Humblement.
Et que suis-je en effet?

FABRICIO, *avec finesse.*

Je pense apercevoir
Celle dont il s'agit; je sais vivre; au revoir.

Il met le doigt sur sa bouche et entre dans le cabinet à
gauche.

~~~~~~

SCÈNE V.

FABRICIO, *caché*, PEDRO, ÉMERANCE.

ÉMERANCE, *entrant par le fond de droite, émue et
avec timidité.*

C'est vous? Je vous cherchais. Tout à l'heure Isabelle
Louait vos qualités. Ton sauveur, disait-elle,

Pedro serait parfait, s'il avait un emploi.
> Avec naïveté.

Tâchez d'être parfait, mon ami... croyez-moi.

PEDRO.

Près de qui voulez-vous, hélas! que je réclame?
Tant d'efforts repoussés ont abattu mon âme ;
Je suis, vous le savez, sans appui, sans secours.

ÉMERANCE, *avec feu.*

Quand on veut fortement, on réussit toujours.
Si votre cœur est droit, votre bouche sincère,
Vous trouverez en vous la force nécessaire.
Pedro, soyez commis, soyez-le au premier jour,
> Avec élan.

Pour que ma bienfaitrice accueille notre amour.

PEDRO.

Notre amour! Que ce mot me ravit, Emerance!...

ÉMERANCE, *effrayée.*

L'ai-je dit?

PEDRO.

Oui.

ÉMERANCE, *naïvement.*

Eh bien !.. j'ai dit ce que je pense.
J'ai repoussé vos vœux, dans nos courts entretiens,
Tant que ma protectrice a repoussé les miens.
Mais vous avez touché ma compagne fidèle ;
Isabelle consent, je consens avec elle.

PEDRO.

Elle m'aime! elle m'aime! Avenir enchanteur!
Je suis sûr d'un subcès dont le prix est son cœur.

ÉMERANCE.

En vous, mon cher Pedro, j'estime ce courage.
Il me charme et je suis fière de mon ouvrage...

Ingénument.
J'ai tout dit maintenant, je m'en vais.

PEDRO.

Quoi! déjà?

ÉMERANCE.

Si l'on nous surprenait?

PEDRO.

Vos paroles sont là ;
Elles vont se graver dans mon âme amoureuse.

ÉMERANCE.

Adieu. Je vous ai vu, Pedro, je suis heureuse.

Elle sort par le fond de droite.

SCÈNE VI.

FABRICIO, PEDRO.

FABRICIO, *rentrant sur la pointe du pied et con-*
trefaisant Émerance.

Je vous ai vu, Pedro, je suis heureuse !... Eh bien !
Gaiement.
Est-ce donc un soupçon mal fondé que le mien ?

PEDRO, *interdit.*

Mais comment as-tu su, mon cher, qu'on me préfère ?

FABRICIO, *avec une bonhomie malicieuse.*

Quand, comme moi, seigneur, on n'a plus rien à faire,
On regarde beaucoup ce que les autres font ;
Et j'ai lu sa tendresse écrite sur son front ;

Jetant les yeux autour de lui.

Mais je dois être franc ; cet amour m'inquiète.
On parle... de complot...

PEDRO, *effrayé.*

Chut !

FABRICIO.

D'intrigue secrète.

PEDRO.

Paix !

FABRICIO.

Puis, il est un fait qui m'a bien plus touché.

Baissant la voix.

La terrible comtesse, à qui rien n'est caché,
Surveille les meneurs, prépare ses vengeances ;
L'exil... le cachot...

PEDRO, *impatienté et voulant cacher son embarras.*

Paix !... Assez de doléances.

A part.

S'il disait vrai !...

[FABRICIO, *déconcerté.*

Parlons d'autre chose, seigneur...
Dans la maison Berlips mon frère est régisseur ;
Y voulez-vous entrer ?

PEDRO, *avec colère.*

Jamais !... J'aime la France ;
Elle en est l'ennemie.

FABRICIO, *épouvanté.*

A votre tour, silence !
Elle entend ce qu'on dit, elle voit ce qu'on fait
Et...

~~~~~~

SCÈNE VII.

FABRICIO, *époussetant dans le fond* ; PEDRO
MENDOCE.

MENDOCE, *entiant par le milieu.*

Je croyais Gusman à l'ouvrage ?

PEDRO, *embarrassé et remontant.*

En effet...

Dès le jour, il rédige, écrit; c'est sa coutume.

MÉNDOCE.

Où rédige-t-il donc?

PEDRO.

Mais chez lui... je présume.

A part.

Pourvu qu'il soit levé !

MENDOCE, *après avoir ouvert la porte du cabinet
de droite.*

Quel conté est donc le tien?
Ne m'avais-tu pas dit qu'il travaillait?

PEDRO.

Eh bien ?

MENDOCE.

Il est encor couché.

PEDRO, *avec aplomb.*

Couché? C'est cela même ;
Il travaille couché.

Se glissant vers le cabinet de Gusman, il lui fait signe
de venir.

MENDOCE.

Couché ! ! !

PEDRO, *redescendant.*

C'est son système.

Fabricio ébahi laisse tomber son plumeau.

MENDOCE.

Oh ! le singulier trait d'originalité !

PEDRO.

Gusman en use ainsi pour sa commodité.

SCÈNE VIII.

PEDRO, GUSMAN, *entrant par la droite et ache-*
vant de s'ajuster; MENDOCE. FABRICIO, *dans*
le fond.

GUSMAN, *à Mendoce.*

Je me lève un peu tard ; pardonnez, je vous prie.

MENDOCE, *avec déférence.*

Je connais vos motifs, et je les apprécie.
Quand on donne le temps du repos au devoir,
On peut rester au lit du matin jusqu'au soir.

GUSMAN, *bas à Pedro.*

Qu'est-ce qu'il dit donc là ?

MENDOCE.

Vous débutez en maître...

GUSMAN, *bas à Pedro.*

En maître !.. Je m'y perds, il me raille peut-être...

MENDOCE.

Hier soir, j'ai trouvé dans vos cartons, Gusman,
Un système d'impôt tout à fait neuf, un plan
De comptabilité, clair, simple, économique.
Le ministre déjà l'a jugé magnifique.

Avec emphase.

Bientôt au roi lui-même il sera présenté.

GUSMAN, *bas à Pedro.*

Ah ! j'ai donc fait un plan de comptabilité ?

PEDRO, *bas.*

Oui.

MENDOCE.

Mais ce n'est point là, je le tiens d'Isabelle,
La seule qualité qui chez vous se révèle...

Nouvelle surprise de Gusman.
Ma belle-sœur vous doit mille remercîments.

GUSMAN.

Pourquoi donc?

MENDOCE.

Pour des vers spirituels, charmants,
Dont elle a comme moi reconnu l'origine.

GUSMAN, *bas à Pedro.*

Ah! j'ai donc fait aussi des vers?

PEDRO, *bas, avec un peu d'humeur.*

Pour ta cousine.

GUSMAN, *bas et du même ton.*

Il fallait m'avertir!

A Mendoce.

Trop bon, en vérité;
Si vous saviez combien cela m'a peu coûté?

Fabricio sort ému et ravi.

A part.

Ma foi, je suis en verve, offrons-lui mon ouvrage.
Haut et avec confiance, après avoir tiré un papier de sa poche.
Seigneur, puisque mon zèle obtient votre suffrage,
J'ose vous présenter un mémoire nouveau
Que j'achève à l'instant.

Mendoce s'éloigne avec le papier et le lit.

PEDRO, *bas à Gusman, en le tirant par l'habit.*

Toi?

GUSMAN, *avec amour-propre.*

Moi.

PEDRO.

De ton cerveau?

GUSMAN.

Ce qui se passe ici n'est point juste, je pense;
C'est toujours toi qui fais, et moi qu'on récompense.

J'ai voulu des détails, affrontant les ennuis,
    Fièrement.
Prendre une fois la plume et montrer qui je suis

MENDOCE.

Mais, mon très-cher cousin...

            Gusman s'avance avec joie.

                    Quel travail détestable!

Quel contre-sens !

    Gusman reste consterné.

    PEDRO, s'avançant derrière Gusman. (a)

            Pardon... c'est moi qui suis coupable!

                    MENDOCE.

Toi, coupable?

            PEDRO.

            Hélas ! oui, bien coupable, seigneur !
Gusman était sorti depuis longtemps, j'eus peur
Qu'il ne fût en retard, et, dans cette pensée,
J'ai pris sur son bureau la besogne pressée.

    Baissant les yeux.

Je l'ai faite... il paraît que j'ai mal réussi.

        MENDOCE, riant d'un air capable.

Oui, ta rédaction n'est pas forte.

    PEDRO, après avoir pris un papier sur la table.

                    Voici

Celle de don Louis, qui sans doute est meilleure,
Il a pris un carton pour l'autre.

            MENDOCE.

                    A la bonne heure;

                Il s'éloigne et lit (b).

        GUSMAN, bas à Pedro.

Ami trop généreux !... je te l'avais bien dit,

(a) Gusman, Pedro, Mendoce.
(b) Pedro, Gusman, Mendoce.

Délaisse-moi, fuis-moi. Pour un être maudit
Cesse de prodiguer ton esprit, ton courage ;
    Avec désespoir.
Je ne suis bon à rien, qu'à gâter ton ouvrage.

PEDRO, *bas.*

Imprudent, tais-toi donc !...

MENDOCE, *revenant.*

              Pour le coup, c'est parfait ;
Voilà de la raison !... Je suis fort satisfait ;
Vous venez de me rendre un signalé service.
Pour vous récompenser, je vous donne d'office
Une allocation de dix-huit écus d'or
Que je vais vous payer... sur les fonds du trésor.

PEDRO, *bas à Gusman.*

La somme est à toucher agréable, j'espère !

GUSMAN, *bas.*

Elle est à toi.

PEDRO, *bas, avec attendrissement.*

            Merci... je l'envoie à ma mère.

MENDOCE, *à Gusman.*

Pour compléter enfin cet acte d'équité,
Et mettre en tout son jour votre capacité,
Dont vous m'avez donné mainte preuve éclatante,
Je vous nomme sous-chef !...

GUSMAN.

               Quelle bonté touchante !...
Et mon pauvre Pedro ? Je voudrais qu'il entrât
Commis dans les bureaux.

MENDOCE *bas, avec un dédain bienveillant*

                Il n'est pas en état.

GUSMAN, *chaleureusement.*

Je vous réponds de lui tout comme de moi-même.

MENDOCE, *d'abord surpris.*

Afin de témoigner, cousin, que je vous aime,
> A Pedro, d'une voix forte.

Je te nomme aspirant-surnuméraire, toi...
Voici l'heure où mon plan sera soumis au roi;
> A Gusman.

Et pour moi c'est un point d'une haute importance.
Puis, un autre intérêt réclame ma présence ;
C'est celui du pays, c'est le mien. Car enfin,
En ce moment peut-être on crée un souverain !...
J'éprouve un sentiment d'inquiétude vive :
La faction française est, dit-on, fort active ;
Je cours la surveiller.
> Il sort en s'agitant beaucoup. Gusman remonte avec lui.

PEDRO, *pendant la sortie.*

> Le bonhomme, aujourdhui,
Va la chercher bien loin, pendant qu'elle est chez lui.
Et c'est à ce brouillon qu'un aveugle délire
Confie, en cet instant, les destins de l'empire !
Espagne infortunée !

⁓⁓⁓⁓⁓⁓⁓⁓⁓⁓⁓⁓⁓⁓⁓⁓⁓⁓⁓⁓⁓⁓⁓⁓⁓

SCÈNE IX.

PEDRO, GUSMAN.

GUSMAN, *avec orgueil, en descendant.*

> Eh bien ! mon cher, eh bien ?
J'obtiens un grand succès...
> Pedro se croise les bras.

> C'est à dire... j'obtien...
Nous obtenons...

Eclatant de rire.

Ici, chacun me félicite ;
Ma foi, j'avais fini par croire à mon mérite.
N'est-ce pas amusant ?... Vanité, vanité !
Mais ris donc avec moi de ma fatuité...

Prenant tout-à-coup un air sérieux

Rire n'est pas assez... Ma conduite est affreuse,
Indigne ; j'ai commis une action honteuse
En laissant ignorer tout ce que je te dois,
Et je vais, mon ami, le crier sur les toits.

Il s'éloigne.

PEDRO, *effrayé, le ramenant.*

Garde-t'en bien, Gusman.

GUSMAN

Mais, mon cher, la justice !..

PEDRO.

Tu te nuirais beaucoup sans me rendre service.
Laisse donc un souci qui ne ressemble à rien,
Et, dans mon intérêt, occupe-toi du tien.

A part et gaiement.

Or ça, si maintenant je parlais d'Isabelle ?

Haut en l'appelant.

Écoute ; possesseur d'une place assez belle,
Il faut tirer parti de ta position,
Et pour cela, voici ma proposition :
Prends femme.

GUSMAN, *sans geste.*

Non.

PEDRO.

Quoi, non ?

GUSMAN.

Non, je ne puis.

FEDRO,

La cause?

GUSMAN.

Aimer... cela fatigue ! Oh ! j'en sais quelque chose !
J'ai failli, l'an dernier... être amoureux.

PEDRO, *d'un ton câlin.*

Gusman !...

GUSMAN.

Point.

PEDRO.

Mais c'est pour ton bien que j'ai formé ce plan ;

GUSMAN, *à demi ébranlé et le regardant.*

Ah !.. tu crois qu'il me faut marier ?

PEDRO, *avec fermeté.*

Sur mon âme,
C'est nécessaire.

GUSMAN.

Eh bien ! va donc pour une femme !...

PEDRO, *radieux.*

Le mariage admis, je te conseille fort
Une veuve.

GUSMAN.

Jamais.

PEDRO.

Quoi ! jamais ?... C'est un tort.
Car un vrai paresseux, fuyant une âme neuve,
Doit, s'il est conséquent, épouser une veuve ;

Gaiement.

C'est tout profit pour lui, puisqu'en l'objet aimé
Il trouve... un cœur tout fait, un esprit tout formé.

GUSMAN, *nonchalamment.*

La veuve me déplaît.

PEDRO,

                Ton préjugé m'étonne!...

Il est doux, je le sais, d'aimer une personne
Qui n'a point jusque-là connu les passions,
Et d'avoir la primeur de ses sensations.
Mais ce bonheur d'un jour a son désavantage!
En songeant à l'effet qu'une enfant de cet âge
Fera sur notre cœur, ne serait-il pas bien
De songer à celui qu'on fera sur le sien?
J'y songe, et je me dis : la fille la plus sage
A, le plus qu'elle a pu, rêvé de mariage.
Dans le calme des nuits, et si vague et si doux,
Elle n'a pas manqué de créer un époux
Qu'elle a gratifié de vertus sans mélange.
Elle en a fait un sylphe, elle en a fait un ange,
Toujours beau, toujours jeune et toujours amoureux.
Tant pis si le mari n'est pas assez heureux
Pour offrir de cet ange une image fidèle!
Le moyen cependant d'approcher du modèle?
Pour répondre au roman qu'elle a fait là-dessus
Il faut un Dieu...Tu n'es qu'un homme tout au plus.
Effrayé de ce sort, supposons, au contraire,
Qu'on épouse une veuve? Oh ! c'est une autre affaire.
Une veuve n'a point ces exigences-là ;

      Gaîmene et rapidement.

Elle vient d'éprouver un mécompte déjà!
Une veuve, sachant les effets et les causes,
Est dans le vrai, connaît le positif des choses.
Ton rival est un mort, et, quel qu'il ait été,
Ce mort-là ne fut pas une divinité!...
Conviens-en, ma pensée est juste autant que neuve!
Tu l'approuves?

GUSMAN.

Eh bien, va donc pour une veuve !

PEDRO.

A présent que voilà deux points bien résolus,
Je vais te demander quelque chose de plus.

GUSMAN, *avec effroi.*

Encore ?

PEDRO.

Oui, je voudrais, Gusman, ne te déplaise,
Que cette veuve fût...

GUSMAN.

Quoi donc?

PEDRO.

Une Française.

Et peut-être déjà tu devines pourquoi?

Geste négatif de Gusman.

Tu ne sais pas vouloir, elle voudra pour toi.

GUSMAN.

Comment? c'est ma cousine?

PEDRO.

Oui.

GUSMAN , *d'un air sérieux.*

Pour qu'on se marie,
Ne faut-il pas s'aimer quelque peu, je te prie?

PEDRO , *avec aplomb.*

Vous vous adorez.

GUSMAN, *surpris.*

Nous?

PEDRO.

Je puis certifier
Qu'elle est folle de toi.

GUSMAN.

Folle?

PEDRO.

Oui, folle à lier.
Tes vers ont achevé d'assurer ton empire.

GUSMAN, *charmé.*

Mes vers? vraiment?

PEDRO, *malignement.*

Mais toi! je t'ai vu lui sourire!
Je t'ai vu lui lancer un regard clandestin!...

GUSMAN, *interdit.*

Moi?

PEDRO, *le regardant fixement et avec autorité.*
Tu l'aimes.

GUIMAN, *à demi ébranlé.*

Hé! hé!... Tu crois?

PEDRO, *avec force.*

J'en suis certain.

GUSMAN, *soumis.*

C'est différent.

PEDRO.

D'ailleurs, elle est riche, elle est belle ;
C'est un charmant parti.

GUSMAN, *avec joie, et résolument.*

Va donc pour Isabelle!...

PEDRO.

Mon cher, puisque ton cœur est pris si vivement,
Il faut te déclarer au plus tôt.

GUSMAN, *s'approchant avec cordialité.*

Sûrement;
Arrange-moi cela.

PEDRO.

Moi?

GUSMAN, *d'une voix suppliante.*

N'es-tu pas mon frère?

N'es-tu pas mon soutien ?

PEDRO , *gravement.*

Écoute. Au ministère,
Je puis te remplacer et gérer ton emploi...
Gaiement.
Mais s'il faut que je plaise et que j'aime pour toi...

GUSMAN.

Ami, je t'en conjure...

PEDRO.

Eh bien, laisse-moi faire ;
Avec feu.
Tu vas voir si je sais terminer une affaire.

~~~~~~

SCÈNE X.

ÉMERANCE, ISABELLE, PEDRO, GUSMAN.

Pendant la première partie de la scène, Gusman embarrassé se tient à l'écart.

PEDRO , *à Isabelle.*

Ah ! madame, mettez un terme à vos rigueurs ;
Vos yeux, à votre insu, ravagent bien des cœurs.

ISABELLE.

Et quels cœurs ai-je donc ravagés, je vous prie ?
Gusman, désigné du doigt, baisse précipitamment les
yeux.
Gusman ! il m'aimerait ?

PEDRO.

Avec idolâtrie.
On regarde Gusman ; même pantomime.

ISABELLE.

Bon Dieu, qui s'en serait douté jusqu'à ce jour ?
Il a l'air de nous fuir !

PEDRO, *avec emphase.*

C'est par excès d'amour.
Oh ! mon ami n'est pas un soupirant vulgaire.

Bas à Gusman, avec humeur et en le poussant.

Mais déclare-toi donc, je ne peux pas tout faire (*a*).

GUSMAN, *par saccades et en essayant de s'animer.*

Oui, belle cousine, oui, c'est mon vœu le plus doux.

PEDRO, *bas.*

Ferme !

GUSMAN.

Oui, quand je vous vis, je fus épris de vous...

PEDRO, *bas.*

Allons donc !

GUSMAN.

Répondez à ma flamme amoureuse ;
Je ne puis être heureux qu'en vous rendant heureuse.

A part.

Ouf !

Il se tourne vers Pedro, qui le félicite.

ISABELLE.

Mon cœur de cette offre est vivement flatté ;
Mais pour moi le bonheur est dans la liberté.

PEDRO, *avec feu* (*b*).

La liberté ? qui peut vous avoir mis dans l'âme
Que votre liberté soit en danger, madame ?

Montrant Gusman.

Avec lui, juste ciel ! j'ose vous protester
Que jamais mon ami n'y voudrait attenter ;
Il en est incapable ! Ah !... ce sont, dit un sage,
Les contrastes qui font l'harmonie en ménage.

(*a*) Emerance, Isabelle, Gusman, Pedro.
(*b*) Emerance, Isabelle, Pedro, Gusman.

Vous vous convenez donc beaucoup; car grâce à Dieu,
An physique, au moral, vous vous ressemblez peu.
Vous êtes pétulante et pleine de malice;
Gusman est indolent et calme avec délice.
Vous aimez le grand monde,il se plaît dans les bois;
Il est silencieux ; vous parlez... quelquefois.
Il possède un beau nom, dont il ne sait que faire,
Vous de rares talents pour le mettre en lumière.
Enfin, Gusman...

A part.

Ici je frappe le grand coup !

Haut.

A peu de volonté ; vous en avez beaucoup.
Défauts et qualités, tout en vous se seconde ;
Vous serez les époux les plus heureux du monde.

ISABELLE *bas, à Émerance.*

Mais sais-tu qu'il raisonne à merveille, dis-moi?

GUSMAN, *bas, à Pédro.*

Tu me rabaisse trop, mon cher ami. (a)

PEDRO, *avec dignité.*

Tais-toi !

ISABELLE, *à Gusman, en jouant de la prunelle.*

Vous venez de m'ouvrir bien franchement votre âme;
J'en voudrais faire autant, mais, seigneur, je suis femme.
L'usage est là, je dois encor dissimuler.
Et, par esprit de corps, je ne puis pas parler.
Le jour où dans mes biens je serai replacée,
Ce jour-là seulement vous saurez ma pensée.

GUSMAN, *avec feu et volubilité.*

J'embrasse votre cause et puis vous protester
Qu'elle triomphera ! Je vais solliciter

(a) Emerance, Isabelle, Gusman, Pedro.

La justice d'abord; si j'échoue auprès d'elle,
C'est au conseil privé que ma voix en appelle;
Et s'il est à son tour inflexible pour moi,
J'irai jusqu'à la reine, et de là jusqu'au roi.

Il veut sortir.

PEDRO, le ramenant.

Brrr... Tu t'animes trop! Ne va pas, je te prie,
Dépenser, en parlant, toute ton énergie;
Gardes-en pour agir.

SCÈNE XI.

EMERANCE, ISABELLE, MENDOCE, GUSMAN,
PEDRO.

MENDOCE. hors d'haleine.

Partagez mon bonheur!

Le ministre. . pour moi quel succès! quel honneur!
Le ministre sortait du conseil de Castille...
Il m'aperçoit; d'un air où la vanité brille :
« J'ai lu mon plan d'impôt, de comptabilité
» Au conseil que je quitte: il en est enchanté.
» Tous, pour mieux me louer, se sont levés en masse,
» Et le roi m'a nommé Grand de première classe! »
Le ministre, à ces mots, s'arrête brusquement,
Sans daigner m'adresser un léger compliment.
Moi, j'étais fort blessé de son peu de mémoire;
Car, enfin, ce travail, qui le couvre de gloire,

Se gonflant les joues et se tournant vers Gusman.

Ce travail est le mien!

GUSMAN, bas, à Pedro.

Il paraît oublier

Que c'est moi... que c'est toi qui le fis tout entier!

MENDOCE.

J'attendais qu'il parlât de sa reconnaissance.
Mais voyant qu'il gardait un obstiné silence,
J'ai pris la liberté de glisser sans effroi.

Avec aplomb.

A l'oreille du grand trop oublieux : Et moi?
Ce mot pouvait me perdre, il lui plut, au contraire·
Oui, vous êtes, dit-il, un homme nécessaire ;
Je dois être et serai pour vous un protecteur.
De chef que vous étiez, je vous fais directeur.

TOUS.

Directeur!...

ISABELLE.

Directeur ! que je vous félicite !

GUSMAN, *bas à Mendoce, et avec confiance.*

Et moi?

MENDOCE, *un moment surpris.*

Je suis aussi juste envers le mérite ;

Élevant la voix.

Vous n'étiez que sous-chef, soyez chef de bureau.

PEDRO, *bas, à Gusman, avec timidité.*

Et moi ?

GUSMAN.

Je t'oubliais !

A Mendoce.

Et ce brave Pedro ?

MENDOCE, *avec un peu d'impatience.*

N'a-t-il pas une place ?

GUSMAN, *d'un ton piteux.*

Aspirant !

ISABELLE.

Ah ! mon frère !

MENDOCE.

Vous voulez plus ! Allons, qu'il soit surnuméraire...
Avec emphase.

Surnuméraire en pied !

ÉMERANCE, *avec joie.*

L'espoir est donc permis ?

PEDRO, *à part.*

J'ai fait un grand d'Espagne, et ne suis pas commis.

FABRICIO, *annonçant.*

La comtesse Berlips.

~~~~~~

SCÈNE XII.

LA COMTESSE, *ses* PAGES *et un* OFFICIER *dans
le fond ;* MENDOCE, ISABELLE, EMERANCE,
PEDRO, GUSMAN.

LA COMTESSE, *à part, entrant par le milieu.*

Ma rivale se flatte ;
Je veux la voir avant que la foudre n'éclate.

ISABELLE, *bas, à Mendoce.*

C'est là cette Berlips qui régente les rois ?

Il s'incline.

LA COMTESSE, *bas, à l'Officier.*

Tenez-vous à l'écart.

Elle descend.

ISABELLE.

O Dieu ! quel air bourgeois !

LA COMTESSE, *à Mendoce, de l'air le plus gracieux.*

Mon cher, en vous nommant un ministre s'honore...

MENDOCE, *charmé, et s'inclinant.*

Ah ! comtesse...

LA COMTESSE, *à part.*

Le sot !

Haut.

Mais vous avez encore

Avec persifflage.

Des droits que vous taisez, je ne sais pas pourquoi,
Et qu'on reconnaîtra, car je m'en charge, moi.

Il s'incline.

A part.

La leçon sera bonne !

MENDOCE, *bas, avec joie, à sa belle-sœur.*

Occasion charmante

Pour lui parler de vous ; elle est si bienveillante !

ISABELLE, *étonnée.*

Vous croyez?

MENDOCE.

J'en suis sûr. (a)

Elle passe devant lui.

ISABELLE, *à la Comtesse, avec une humilité feinte.*

Madame, permettez

Qu'une veuve opprimée implore vos bontés.
Exilé par l'arrêt de la cour souveraine,
Mon époux vit ses biens réunis au domaine.
Vivant, il a subi les rigueurs de la loi ;
Dois-je aussi les subir?

LA COMTESSE, *à part.*

Il me vient, sur ma foi,

Un plan fort gai !

(a) La Comtesse, Isabelle, Émerance, Mendoce, Pedro,
Gusman, etc.

Haut.

Le bien que votre mari laisse
Est-il fort étendu ?

ISABELLE.

Deux mille arpents, comtesse.

LA COMTESSE, *s'approchant vivement.*

Est-il bien situé ?

ISABELLE.

J'ai des eaux, j'ai des bois.

LA COMTESSE, *à part, en s'approchant un peu plus.*

Eh ! mais ceci mérite attention, je crois !

Haut.

Quel est le revenu ?

ISABELLE.

Dix mille écus de rente.

LA COMTESSE, *s'approchant encore.*

Voilà, sur ma parole, une terre charmante !
Et son nom ?

ISABELLE.

Hermoso.

LA COMTESSE.

Hermoso !

Avec joie.

Votre bien,
Je vois cela d'ici, fait angle sur le mien.

MENDOCE, *avec empressement.*

Justement.

LA COMTESSE, *d'un ton mielleux.*

M'invoquer, c'est m'obliger, ma chère ;

Malicieusement.

Oui, dès ce moment-ci, je songe à votre terre...

Comptez sur mes efforts zélés, persévérants ;
>   Avec un charmant sourire.

Vous n'imaginez pas l'intérêt que j'y prends.
>   A part, en se retournant.

Faisons signe à l'exempt qu'il est temps de paraître.

>   MENDOCE, *à la Comtesse, avec explosion.*

Excellence, comment pourrons-nous reconnaître
Une telle bonté ?

>   LA COMTESSE, *d'un ton doucereux.*
>   Je ne réclame rien ;
>   Regardant Isabelle d'un air caressant.

On est assez payé lorsque l'on fait le bien.
>   A part.

Voilà, j'ose le dire, une très-belle affaire ;
Car j'annulle la femme et confisque la terre !

>   Elle salue, fait signe à l'exempt d'entrer, et sort.

~~~~~~

SCÈNE XIII.

ÉMERANCE, ISABELLE, UN OFFICIER *et* DES
SOLDATS, *dans le fond ;* MENDOCE, GUSMAN,
PEDRO.

>   MENDOCE, *à Isabelle, avec élan.*

Eh bien, avais-je tort de la vanter ainsi ?
>   Il veut sortir.

>   L'OFFICIER, *à Isabelle, qui veut sortir aussi.*

Un moment ! Suivez-moi tous quatre hors d'ici.
>   ISABELLE

Moi ?

ÉMERANCE, PEDRO, MENDOCE *et* GUSMAN.

Nous ?

L'OFFICIER, *un peu en arrière.*

Tel est mon ordre. Il faut qu'il s'accomplisse,
Au nom du grand roi Charle...

> Se découvrant.

> Au nom du saint-office.

MENDOCE.

Mais quel est le motif... ?

L'OFFICIER, *mielleusement.*

> Pure précaution ;

Vous êtes accusés de conspiration.
Mais le pouvoir veillait ; on a rompu la trame,
La comtesse triomphe !

MENDOCE, *se précipitant avec ardeur.*

> En ce cas, je réclame.

Avec désordre.

Qui, moi ? j'aurais servi la France ? quelle horreur !
Je suis bon Espagnol, je suis Anglais de cœur !
Non, non, de la Vega ne fut jamais un traître ;
Je cours chez la comtesse, et lui ferai connaître
Que toujours...

L'OFFICIER, *l'arrêtant par un geste.*

> Halte-là, seigneur, de par le roi.

ÉMERANCE, *à Pedro.*

Qu'allons-nous devenir ?

MENDOCE.

> Ah ! je perds mon emploi !

> Il sort.

PEDRO.

Et moi mon Émerance !

ISABELLE.

Et moi le ministère!

Elle sort avec Emerance.

GUSMAN, *près de la rampe.*

Dans le malheur du moins je n'aurai rien à faire.

Il sort.

PEDRO, *à l'Officier.*

Dois-je vous suivre aussi?

L'OFFICIER, *avec mépris.*

Toi?... que de vanité!

On ne t'a pas jugé digne d'être arrêté.

Il sort avec les soldats.

SCÈNE XIV.

FABRICIO, PEDRO.

PEDRO, *vivement à Fabricio.*

Ce matin, tu m'offrais, à l'aide de ton frère,

D'entrer chez la Berlips?

FABRICIO.

Oui.

PEDRO.

Quel trait de lumière!

J'accepte sur-le-champ. Dussé-je avoir l'emploi

De son dernier laquais, viens et présente-moi...

Mes amis sont captifs et je suis seul... n'importe;

J'ai tout puisqu'il me reste une volonté forte.

FABRICIO, *pendant qu'il sort.*

C'est dommage, vraiment, que la capacité

N'égale pas en lui la bonne volonté!

ACTE QUATRIÈME.

SCÈNE PREMIÈRE.

LA COMTESSE, *un peu après* DOLORÈS.

LA COMTESSE (*devant elle, sa toilette; à sa
droite, un vaste portefeuille; à sa gauch e, un
pot de rouge*).
Le flot des courtisans vient de se retirer,
Et je trouve, à la fin, le temps de respirer !!!
Voici l'heure où je puis, dans ma simple retraite,
Administrer l'État et faire ma toilette.....
    Haut.
Dolorès !...
       Elle arrive.
          A part.
        Que de soins, de tribulation !
Ceux qui portent envie à| ma position
Ne savent guère, hélas! combien elle est pénible ;
    Minaudant.
J'ai la tête et les nerfs dans un état horrible !....
        D'un ton de petite-maîtresse.
Soigne bien mes cheveux ; j'étais, au dernier bal,
Coiffée indignement !...
          Avec dignité.
         Les finances vont mal ;
On ne surveille pas, chaque traitant nous pille ;
    Avec hauteur.
Et je dirai son fait au Conseil de Castille !

6

Jetant les yeux sur sa toilette.

Une bourse, ah! je sais! le dernier mois échu

Souriant.

De l'impôt sur le sel; qu'il soit le bien venu.

J'en ai réglé l'emploi. Le trésor peut attendre;

Minaudant.

C'est pour payer l'écrin que l'on vient de me vendre.

La pesant.

Mais vraiment cette bourse est bien faible de poids;
Dix quadruples de moins!

La jetant dans sa poche.

Comme on trompe les rois!...

D'un air grave.

Pour bien administrer que de choses à faire!

D'un air badin, mêlé d'humeur.

Les sourcils plus épais et plus foncés, ma chère...

Rêvant.

Cherchons quelqu'un qui puisse, en ce palais maudit,
Partager mes travaux... et non pas mon crédit!..
J'ai, dans cette pensée, écrit à Salamanque,
Espérant y trouver le trésor qui me manque.
» (a) Le génie est commun dans l'Université,
» Disais-je; c'est du moins un bruit accrédité.
» Puis, un fait très-heureux, c'est qu'avec le génie
» La misère, de droit, marche de compagnie.
» Le recteur me répond : « J'avais eu le projet
» De vous expédier un fort joli sujet.
» Delplanque était son nom; l'indigence et l'audace
» L'ont fait fuir à Madrid, où j'ai perdu sa trace. »

(a) Les vers guillemetés peuvent ne pas se dire à la représentation.

SCÈNE II.

LA COMTESSE, DOLORÈS, FABRICIO, *dans le fond.*

FABRICIO, *à part.*

Un mot encor pour Pèdre; il n'a d'appui que moi!...

LA COMTESSE, *à part.*

On cherche loin souvent ce qu'on a près de soi ;
Si je cherchais ici ?

» FABRICIO, *à part, en s'arrêtant à la vue de la
Comtesse.*

    » Malgré sa bienveillance,
» Je ne sais pas pourquoi je tremble en sa présence!
» Tout caressant qu'il est, son regard m'interdit,
» Et je sens un frisson quand elle me sourit.

» LA COMTESSE, *avançant.*

» C'est à toi que j'en veux.

» FABRICIO, *reculant.*

     » O ciel !

LA COMTESSE.

      Viens ça, Fabrice.
De ta fidélité j'attends un bon office.
Dans les bureaux par moi depuis longtemps placé,
Et témoin, chaque jour, de ce qui s'est passé,
Peut-être sauras tu m'expliquer un mystère.
Par quels ressorts cachés marche le ministère?
Pour moi c'est une énigme et j'en cherche le mot ;
Tout va bien, et pourtant le ministre est un sot.
Il est donc dirigé par quelque forte tête?

FABRICIO, *d'un air fin.*

Oui, c'est Mendoce.

LA COMTESSE.

Allons, Mendoce est une bête.

Qui dirige Mendoce à son tour ?

FABRICIO.

C'est Gusman.

LA COMTESSE.

Lui, cet être endormi presque autant qu'endormant ?
Qui dirige Gusman ?

FABRICIO, *déconcerté.*

Personne.

LA COMTESSE.

Est-ce croyable ?

Il a sous lui quelqu'un ?

FABRICIO.

Il n'a qu'un pauvre diable

Sans esprit.

LA COMTESSE, *avec mépris.*

Qu'en sais-tu ?

FABRICIO.

C'est mal parler d'autrui,
Mais, comme il en convient, je m'en rapporte à lui.

LA COMTESSE, *le regardant d'un œil scrutateur.*

Gusman s'enfermait-il avec ce pauvre diable ?

FABRICIO.

Quatre ou cinq fois par jour.

LA COMTESSE, *à part, avec joie.*

Je tiens l'homme capable!

Haut et froidement.

Je veux le voir.

FABRICIO.

Pedro !!!

Riant.

Votre excellence a tort ;
Il n'est pas fort, madame, il n'est vraiment pas fort.

LA COMTESSE, *avec hauteur.*

Je veux le voir.

FABRICIO, *intimidé.*

Très-bien! c'est lui qui sollicite
Une place chez vous !

LA COMTESSE, *vivement.*

Qu'il arrive bien vite !

Le regardant de la tête aux pieds.

Lorsqu'on a comme moi sur les bras tant de sots...
Un homme de talent vient toujours à propos.

Elle sort.

~~~~~~

SCÈNE III.

PEDRO, FABRICIO.

PEDRO, *qui guettait le départ de la Comtesse.*
Me voici.

FABRICIO, *avec empressement.*

Seigneur Pèdre, excellente nouvelle !
J'ai vu notre comtesse...

Avec amour-propre.

Et je suis content d'elle !

Riant.

Elle vous croit un aigle ; hein ! c'est très-curieux,
Et vous allez avoir une place.

PEDRO, *froidement.*

Tant mieux !

Avec émotion.

Tant mieux pour mes amis !

FABRICIO, *gravement et ironiquement.*

Une seule demande ;
En cette occasion votre assurance est grande,
Mais quels sont vos moyens ?

PEDRO.

Le ciel doit y pourvoir.

FABRICIO, *d'un air moqueur.*

Le ciel ?... ah ! c'est le ciel ?... nourrissez-vous l'espoir
De les tirer d'ici par force ou par adresse ?

PEDRO, *distrait.*

Nullement.

FABRICIO.

Croyez-vous adoucir la comtesse
Et lui faire aujourd'hui révoquer son arrêt ?

PEDRO, *avec indifférence.*

Je ne crois rien du tout... mais je veux être prêt.

FABRICIO.

Être prêt ?...

PEDRO.

Sans avoir de plan formé, j'espère
Avec élan.
Délivrer mes amis et perdre l'étrangère!

FABRICIO.

Vous ?

PEDRO.

Moi-même.

FABRICIO, *à part, en ricanant.*

Je crois que le cerveau...

PEDRO.

Dis-moi
Le cachot de Louis s'est-il ouvert pour toi ?

FABRICIO.

Oui, grâce à son geôlier, ancienne connaissance,
Qui m'a permis de voir mon maître en sa présence.

PEDRO.

Eh bien! que faisait-il, mon cher?

FABRICIO, *avec attendrissement.*

Il s'éveillait,

Et venait de rêver qu'un ami le sauvait.
Du reste, sans soucis et sans inquiétude,
Il fume son cigare avec béatitude.

PEDRO.

Toujours le même!... hélas! Il paraît peu songer
Que peut-être aujourd'hui sa vie est en danger.

FABRICIO.

En danger? ciel!.. Pour lui que faut-il que je fasse?

PEDRO.

Avant de te répondre, ici quelle est ta place ?

FABRICIO.

Huissier.

PEDRO.

Moi, que serai-je?

FABRICIO.

Eh! je n'en sais trop rien;
Madame veut vous voir et j'en augure bien.

PEDRO, *avec joie.*

La Berlips veut me voir ?

FABRICIO, *avec amour-propre.*

Vous serez, par mon frère,
Au moins valet de chambre, et c'est très-beau,

PEDRO, *humilié.*

Valet!

FABRICIO.

Pourquoi ce mot vous est-il importun?
Ne faut-il pas qu'on soit le valet de quelqu'un?
Le roi l'est de la reine, et la reine elle-même

Devant cette maison courbe son front suprême!
Partout on est charmé de ce qui vous déplaît;
A la ville, à la cour, tout le monde est valet.

PEDRO.

Soit... avec cet habit, j'ai du moins l'assurance
De servir don Louis, ma maîtresse et la France!!!

FABRICIO, *avec malice.*

Je ne comprends pas bien, seigneur, comment on prend
Un moyen si petit pour un but aussi grand?

PEDRO, *le persiflant.*

Mon cher Fabricio, pourquoi te mettre en peine?
L'important, vois-tu bien, est que je me comprenne.

FABRICIO, *le regardant avec embarras.*

Ah!.....

PEDRO, *persiflant encore.*

Oui...

Changeant de ton.

Va la trouver, et note bien ce point:
Je déteste Isabelle ou ne la connais point.

FABRICIO, *à part.*

Ouais! l'ai-je jugé mal?... Il combine, il médite;
Serait-il par hasard un homme de mérite?

Il sort.

SCÈNE IV.

PEDRO, *avec mélancolie.*

Prix du collège, hélas! si souvent obtenus,
Gloire des premiers ans, qu'êtes-vous devenus?
J'aspire à la livrée! oh! comme il est utile,

Gaiement.

Pour brosser des habits, de savoir son Virgile!...

Rêvant.

Afin de n'être pas courageux à demi,
Je me suis embusqué tout droit chez l'ennemi;
Cette tactique-là réussit à la guerre!
Ce que n'oseraient pas les puissants de la terre,
J'ai bien des chances, moi, pour en venir à bout:

Regardant mystérieusement autour de lui.

Je suis imperceptible et j'aurai l'œil à tout.

SCÈNE V.

DOLORÈS, FABRICIO , *dans lefond*, LA
COMTESSE, PEDRO *sur le devant.*

LA COMTESSE, *bas à Fabricio.*

Cette Française et lui, tu l'as dit, ce me semble,
N'avaient eu jusqu'alors aucun rapport ensemble?

FABRICIO.

Aucun.

LA COMTESSE.

Depuis quel temps est-il connu de toi?

FABRICIO.

Depuis vingt jours.

LA COMTESSE.

Quel est son protecteur?

FABRICIO, *avec amour-propre.*

C'est moi.

LA COMTESSE, *avec mépris.*

Sors.

SCÈNE VI.

DOLORÈS, LA COMTESSE, PEDRO.

LA COMTESSE, *à part.*

Son œil fin me plaît, son air doux m'intéresse.
Haut.
Que veux-tu?

PEDRO.

Vous offrir mes services, comtesse.

LA COMTESSE.

Dans quel poste?

PEDRO.

A mes yeux le poste ne fait rien;
Si je puis être à vous, je serai toujours bien.

LA COMTESSE, *l'observant.*

Il ne me faut ici, tu l'ignores peut-être......
Qu'un valet?

PEDRO.

Je le sais.

LA COMTESSE, *l'observant toujours.*

Et tu consens à l'être?

PEDRO.

Mais... oui.

LA COMTESSE, *à part.*

Cela m'étonne, et tant d'humilité
M'est à bon droit suspect... Sachons la vérité.
Haut.
Mais un moyen encor te reste en ta misère.

PEDRO.

Lequel?

LA COMTESSE, *l'observant de près*.

C'est de rentrer dans l'état de ton père?

PEDRO, *avec feu.*

N'en croyez rien, madame. Ah! qui connut deux jours
Le fruit de la science, en veut goûter toujours.
Ferez-vous, dites-moi, travailler à la terre
L'ami de Cicéron, de Virgile et d'Homère ?
Le sort en est jeté ; j'aime mieux aujourd'hui
Expirer de besoin que d'expirer d'ennui.

LA COMTESSE, *à part, avec joie.*

C'est l'homme qu'il me faut.

    » Haut.

« Ton pays ?

» PEDRO.

    » Salamanque.

» LA COMTESSE.

» Ton âge?

» PEDRO.

» Vingt-six ans.

» LA COMTESSE.

    » Ton nom?

' PEDRO.

    » Pedro Delplanque.

» LA COMTESSE, *à part, avec joie.*

« Delplanque !...

    » Haut.

« Le recteur est-il connu de toi?

» PEDRO.

« Oui, beaucoup.

    » LA COMTESSE, *à part.*

    » Dieu lui-même a prononcé pour moi.

» Haut.

» Pedro, tu m'appartiens »... j'arrête ton entrée...

Avec bienveillance.
Et te dispenserai de porter la livrée.

PEDRO.

Ah ! je respire.

LA COMTESSE, *avec solennité.*

Ecoute. On t'a sûrement dit
Quel est depuis longtemps mon immense crédit ?
Des destins de l'État maîtresse souveraine,
Arbitre de la cour, je puis tout sur la reine,
Qui peut tout sur le roi. Les grands humiliés,
Les Médina-Cœli s'inclinent à mes pieds.
Pour m'aider à porter le fardeau qui m'opprime,
Je cherche un secrétaire, un confident intime,
Qui, de tous mes projets dépositaire heureux ,
Recueille ma pensée et rédige mes vœux.
Je cherche un homme jeune,ignoré, sans naissance,
Qui soit bien malheureux, bien dans ma dépendance,
Qui se dévoue à moi, ne connaisse que moi;
Eh bien ! ce confident, je l'ai trouvé... c'est toi.
Tu conviens à la place; examine en ton âme
Si la place en retour te convient.

PEDRO, *vivement.*

Oui, madame,
Beaucoup !

A part.

Je changerai de poste et non d'ennui;

Gaiement.

Hier, j'étais exploité, je vais l'être aujourd'hui.

LA COMTESSE.

Résumons-nous. Ici, tu vas bientôt connaître
Les destins de l'État, de l'Europe peut-être !
Aussi, quand je t'aurai mis dans ce cabinet,

J'exige que tu sois sourd, aveugle et muet,
Avec force.
Oui, muet ! c'est à toi d'en prendre l'habitude:
Il me faut un muet... J'aime la solitude ;
Quand tu seras assis au bureau que voilà,
Je veux pouvoir penser que personne n'est là ;
Et soit que je travaille ou que je me repose,
Pour moi tu seras moins un homme...qu'une chose.

PEDRO.

Permettez-moi, madame, une observation.

LA COMTESSE.

Sois bref.

PEDRO.

Vous exigez de la discrétion ;
Mais cette camériste ?...

LA COMTESSE.

Elle entend sans comprendre ;
D'un ton menaçant.
Toi qui comprends, mon cher, tu ne dois pas entendre.
Dolorès sort.
C'est parce qu'il me faut ce mutisme absolu,
Que ton admission est un point résolu.
On prétend qu'à Madrid tu ne connais personne?
Reste sur ce pied-là, je le veux, je l'ordonne.
Renonce au monde entier, tiens-toi pour enterré...
Gracieusement.
A ces conditions ton sort est assuré.

PEDRO, avec énergie.

J'accepte.

LA COMTESSE.

Au monde entier ?

PEDRO.

J'accepte.

LA COMTESSE.

Bien, mon brave!

PEDRO, *à part, avec effusion.*

Chers amis, c'est pour vous que je deviens esclave!
Je pourrai vous sauver!...

LA COMTESSE.

Prends place à ce bureau,
Et gouvernons l'Espagne et l'univers, Pedro.

PEDRO, *s'asseyant aussi.*

Gouverner!!!

LA COMTESSE, *souriant finement.*

Tu vas voir que c'est facile à faire.
Que faut-il pour guider l'Europe tout entière?
Un peu de sens, et même, en ces sortes d'emplois,
    Baissant la voix avec malice.
J'observe que l'on sait s'en passer quelquefois...
Nous ferons tout à l'heure un traité d'alliance
    Avec force.
Des quatre grands états pour accabler la France.
Un tel acte toujours est écrit en latin;
    D'un air enjoué.
Voilà pourquoi, Pedro, je choisis un Romain.
» Pour deux ou trois objets qu'ici je me propose,
» Ton fatras de collège est bon à quelque chose..
» Mais avant de parler de l'intérêt du roi,
» De celui de l'État... occupons-nous de moi.

Elle se lève.

» PEDRO, *entre ses dents.*

» La justice avant tout!

» LA COMTESSE.

» Hier j'ai fait, par avance.

» Mettre au cachot des gens qui gênaient ma puissance.

  » Gaiement.

» Cela manquait un peu de régularité;

» Je veux légaliser ce coup d'autorité.

PEDRO, *à part, la plume à la main.*

Oh! si par un moyen facile, à ma portée,

Je les délivrais tous?...

LA COMTESSE.

Écris sous ma **dictée**:

« Le ministre, de grâce, est invité par moi

» A faire transférer dans les prisons du roi

» Isabelle, Gusman, Mendoce de Tolède

» Et leur jeune compagne...àqui Dieu soit en aide!...»

PEDRO, *étonné et avec vivacité.*

Excellence, daignez m'éclairer sur un point;

Vous parlez de prison, mais ils n'y sont donc point?

LA COMTESSE.

Ils sont captifs chez moi.

PEDRO.

Chez vous? Quel badinage

LA COMTESSE, *jouant avec ses cheveux.*

Dans de petits cachots que j'ai pour mon usage.

Elle s'assied à sa toilette.

PEDRO, *à part, la plume à la main, avec inspiration.*

Certes, je combattrai ses projets... Mais comment?

Comme frappé d'un trait de lumière.

Par un double billet!

Ecrivant.

Heureux expédient!

Je les mène en lieu sûr, et je prends l'offensive!!!...

LA COMTESSE.

As-tu fini ?

PEDRO, *quittant sa place et allant à elle.*

Montrons la première missive !...

Haut quand elle a lu et qu'elle va signer.

Ah ! le timbre, pardon !... N'allons pas l'oublier !..

Après avoir timbré à droite, retournant à la Comtesse.

Glissons-lui doucement le deuxième papier.

Il sonne et met la lettre signée dans une enveloppe.

LA COMTESSE *à Fabricio.*

Au cardinal.

Fabricio sort avec la dépêche.

~~~~~~

SCÈNE VII.

PEDRO, LA COMTESSE, *debout.*

LA COMTESSE.

Tels sont tes travaux ordinaires ;

Avec solennité.

Maintenant, bachelier, parlons des honoraires.

D'un ton très-aimable.

Si tu veux me servir franchement, ardemment,

J'ai pour toi beaucoup d'or...

D'un ton sévère.

S'il en est autrement,

Apprends ce que te garde un courroux légitime.

Avec force.

Le cachot pour le doute, et la mort pour le crime:

Mouvement de Pedro.

A quoi réfléchis-tu ?

PEDRO, *s'efforçant de sourire.*

Votre allocution

Fournit un peu matièreà la réflexion.
Je m'y livrais... j'osais peser les circonstances...
 Avec énergie et en levant la tête.
Et j'accepte la place avec les conséquences.

LA COMTESSE.

A l'œuvre donc! posons les bases du traité
Que, depuis si longtemps, ma haine a projeté.
L'occasion est belle et nos chances certaines;
 Avec une joie sinistre.
La France a vu tomber tous ses grands capitaines,
Turenne, Luxembourg et Condé ne sont plus.
 Avec colère et rapidité.
Assez et trop longtemps elle nous a vaincus;
Nous n'avons tous qu'un vœu, qu'un dessein,qu'une idée:
A l'unanimité sa perte est décidée;
 Avec force et rapidement.
Nous *voulons* la rayer du nombre des États.

PEDRO, à mi-voix et lentemenı.

Oui, mais peut-être bien qu'elle ne *voudra* pas?...

LA COMTESSE.

Et le vieux roi, traqué jusque dans son Versailles,
De son peuple abattu verra les funérailles!...

⁓⁓⁓⁓⁓⁓⁓⁓⁓⁓⁓⁓⁓⁓⁓⁓⁓⁓⁓⁓⁓⁓⁓

SCÈNE VIII.

LA COMTESSE, UN OFFICIER, *et* ᴜɴ Sᴏᴜs-
Oғғɪᴄɪᴇʀ, FABRICIO, PEDRO.

FABRICIO, annonçant dans le fond.

Au nom du cardinal.

LA COMTESSE, avec joie.

Ah !

FABRICIO, *bas aussi.*

Tout va bien.

PEDRO.

Tais-toi.

LA COMTESSE, *à l'Officier.*

Que vient de décider le ministre, dis-moi?

L'OFFICIER, *respectueusement et en arrière.*

De vous accorder tout.

LA COMTESSE.

Tout.

L'OFFICIER, *souriant.*

Êtes-vous contente?

LA COMTESSE.

Si je ne l'étais pas, je serais exigeante.

L'OFFICIER, *au Sous-Officier.*

Amenez-les ici.

Le Sous-Officier sort.

PEDRO, *à part.*

Dieu!... Veut-elle rester?

Ce serait fait de nous!... Tâchons de l'écarter.

Haut, avec un embarras simulé.

J'entends les prisonniers... Ce spectacle, comtesse,
Va faire mal peut-être aux nerfs de votre altesse,
Et...

LA COMTESSE.

C'est juste, je sors... Des malheureux?... hélas !

D'un ton sentimental affecté.

Ma sensibilité n'y résisterait pas !...

PEDRO, *pendant qu'elle s'éloigne.*

Oui, mais que tout à l'heure un incident l'éclaire;
Sa sensibilité... nous brise comme verre !

SCÈNE IX.

FABRICIO, ÉMERANCE, ISABELLE, L'OFFI-
CIER, MENDOCE, PEDRO, GUSMAN, des
Soldats, *dans le fond.*

PEDRO, *avec effusion et en tendant les mains à*
tout le monde.

En prison, chers amis !

A Gusman.

Quel tourment fut le tien !

GUSMAN *descendu.*

Non, c'est un lieu tranquille, on s'y trouve assez bien.

MENDOCE, *à l'Officier, d'un air abattu.*

Quel sera notre sort ?

L'OFFICIER, *un peu en arrière.*

Une enquête sévère
A fourni contre vous la preuve la plus claire.

MENDOCE.

Dieu !

ÉMERANCE.

Ciel !

L'OFFICIER.

Un seul moyen, en cette extrémité,
S'offrait au ministère et vient d'être adopté.

ISABELLE.

Paix !

MENDOCE, *à tous.*

Chut !

L'OFFICIER, *lisant sa dépêche solennellement.*

« Le cardinal, jugeant dans sa sagesse,

Sur l'invitation d'une illustre comtesse,
Ordonne...

MENDOCE, *à part.*

Je frémis!

Anxiété générale.

L'OFFICIER, *d'une voix douce.*

» De mettre en liberté
» Tout le parti français, par mégarde arrêté (a).»

ISABELLE et MENDOCE, *avec exaltation.*

Nous sommes libres !

L'OFFICIER.

Tous.

PEDRO , *avec empressement.*

Je vous en félicite.

Bas.

Mais cherchez un lieu sûr ; rendez-vous au plus vite
Chez votre ambassadeur.

FABRICIO, *bas aussi.*

Oui, partez; je crains fort

Finement.

Que d'avoir si bien fait elle n'ait un remord.

MENDOCE, *épouvanté.*

Partons.

Il donne la main à Isabelle.

ÉMERANCE, *bas, à Pedro, tendrement.*

Vous, dont mon cœur sent la belle conduite,
Compromis avec nous, partagez notre fuite.

PEDRO, *bas, et en remontant.*

C'est mon plan, je vous suis. Mais Gusman? Endormi !

ÉMERANCE.

Partons; que faites-vous?

(a) Ici, Gusman apercevant un bon fauteuil à droite,
va s'y établir.

PEDRO, *s'élançant vers Gusman.*

> Partir sans mon ami !..
>> Emerance sort.

Non, dussé-je y périr !

> Le prenant sous le bras, malgré lui.

>> Viens vite ! le temps presse !
>> GUSMAN.

Mais les motifs ?

> PEDRO , *l'entraînant.*

>> Tu vas tout savoir... La comtesse !

wwwwwwwwwwwwwwwwwwwwwwwwwwwwwwwww

SCÈNE X.

LA COMTESSE, L'OFFICIER, PEDRO, GUSMAN.

> LA COMTESSE, *à l'Officier d'un air radieux.*

Eh bien, l'ordre du prince est-il exécuté
Touchant les prisonniers ?

> L'OFFICIER, *respectueusement et en arrière.*

>> Je m'en suis acquitté ;

Ils sont libres.

> PEDRO, *à part.*

> Aïe ! aïe !

> LA COMTESSE, *interdite.*

>> Ils sont libres !

> L'OFFICIER.

>> Madame,

Libres, selon le vœu qu'a fait votre belle âme.

> LA COMTESSE.

Mon vœu ?

> L'OFFICIER.

> Le cardinal eut soin d'y déférer ;

Voici votre billet.

> Il le lui présente; elle y jette les yeux.

LA COMTESSE, *avec explosion et volubilité.*

Qu'on coure s'assurer
Des portes de Madrid ; qu'on les occupe toutes ;
Que la sainte Hermandad soit sur toutes les routes;
Ces hardis étrangers se sont joués de moi ;
D'une voix tonnante.
Qu'on les mette au cachot... dans l'intérêt du roi...
Regardant Pedro et redescendant.
Quelle audace! chez moi! sous mes yeux!... ma vengeance...,
L'Officier sort.

SCÈNE XI.

LA COMTESSE, PEDRO, GUSMAN.

GUSMAN, *bas, à Pedro.*
Dis donc, cela va mal, il me semble?

PEDRO, *bas, à Gusman.*
Silence.

LA COMTESSE, *lui présentant le papier, et d'une
voix saccadée.*

Que dis-tu d'un jeune homme à l'air simple, étourdi,
Qu'on trouve sans manteau, sans un maravédi,
Dont on prend en pitié la profonde misère,
Qui veut être valet, que l'on fait secrétaire,
Et qui, pour premier acte et sans doute en retour,
Trompe sa bienfaitrice à la face du jour?...
Chez les auteurs latins, qui chargent ta mémoire,
As-tu jamais trouvé trahison aussi noire ?

PEDRO, *avec dignité.*
Épargnez-vous, madame, un discours superflu ;
Je subirai sans plainte un châtiment prévu.

LA COMTESSE.

Ah ! tu fais le hautain ! tu braves ma puissance !
Une bonne prison paiera tant d'insolence.

PEDRO , *avec douceur.*

Je ne réclame point, j'ai mérité mon sort ;
Mais cet infortuné, je cherche en vain son tort ?

LA COMTESSE , *très-haut.*

C'est un conspirateur.

GUSMAN, *sortant de son apathie.*

Hein ?...

PEDRO.

Gusman ?... Je réclame

Prenant sa main et le présentant.

Avec cet air, est-on conspirateur, madame ?
Gusman est, j'ose dire, un agneau.

LA COMTESSE.

Ma bonté

Veut bien... à cet agneau rendre la liberté.

GUSMAN.

Sans Pedro ?

LA COMTESSE.

Sans Pedro.

GUSMAN.

Las ! qu'en pourrais-je faire ?

Libre sans mon ami, j'aime mieux le contraire.

Il lui presse la main.

LA COMTESSE, *attendrie.*

Pauvre enfant ! Il m'émeut, tant il a le cœur chaud !
En ce cas-là... tu peux partager son cachot.

Avec force et rapidité.

Quant aux trois fugitifs, je troublerai leur joie,

Et la prison dans peu ressaisira sa proie.
Mon pouvoir est au moins égal à mon courroux ;
Malheur à toi, don Pèdre, et malheur à vous tous !

Elle sort et fait un geste. Deux soldats paraissent au fond du théâtre. Gusman arrive à la porte ; un officier lui présente son épée pour l'arrêter.

SCÈNE XII.

PEDRO, GUSMAN, les deux Alguasils.

GUSMAN , *reculant avec précipitation.*

C'est fort bien ! Il est clair, d'après ce qui se passe,
Que, pour nous promener, nous aurons peu d'espace.
  A Pedro.
Mets-moi donc au courant de tout ce que j'ai vu ;
Si j'y comprends un mot, je veux être pendu.

PEDRO , *avec feu, et sans l'écouter.*

La partie est liée, un jeu serré s'apprête ;
Ma tête en est l'enjeu... défendons bien ma tête !

Il se pose dans l'attitude de la dignité calme, et le rideau tombe.

ACTE CINQUIEME.

SCÈNE PREMIÈRE.

PEDRO, GUSMAN, un ALGUASIL, *à la porte du*
fond, en dedans.

GUSMAN.

Fabricio, mon cher, me l'a bien attesté,
Ton espoir était vain, l'armée a résisté,
Et nos amis, sachant la fuite difficile,
Chez leur ambassadeur ont pris tous un asile.

PEDRO.

Chez leur ambassadeur ! Bien, bien, parfaitement !
Ils sont sauvés !...

Avec douleur.

Mais toi ? mais nous, mon cher Gusman ?...

GUSMAN, *secouant la tête.*

Hum ! pour qui se souvient d'un certain épisode,
La comtesse n'est pas une femme commode !
Son dernier secrétaire (un jeune homme charmant) !

Avec mystère.

A disparu sans bruit... on ignore comment.

PEDRO.

Placés sous son pouvoir, en butte à sa colère,
Qu'allons-nous devenir ?

GUSMAN, *allant s'asseoir.*

Ma foi, c'est ton affaire...
Je vois avec plaisir, pourtant, que sa maison

Nous a jusqu'à présent tenu lieu de prison.

Gaiement.

Mais ne soyons pas fiers de ces condescendances ;
On ne fait rien gratis... on veut des confidences !

PEDRO, *absorbé dans ses méditations.*

Pour être quelque chose, en vain j'ai tout tenté,
Le barreau, le commerce et l'université.
Je n'ai pas même pu trouver, dans ma misère,
Un emploi de commis. Ne sachant plus que faire,
Las de tant de refus, de tant d'espoirs trahis,

    Avec une gaieté amère.

Pour vivre j'ai voulu gouverner le pays.
Dans ce nouvel essai quel mécompte j'éprouve !
La vie était mon but, c'est la mort que je trouve...
Je connais la Berlips ; le glaive est suspendu !

    S'attendrissant.

Pauvre mère, c'est vous, vous qui m'avez perdu !
Sans votre ambition, dont la cause m'est chère,
J'existerais obscur, heureux comme mon père.
La science, à coup sûr, est un bel instrument ;
Mais il en faut trouver l'emploi, le placement.
S'il ne me nourrit pas, à quoi sert le mérite ?
Je dirais volontiers à qui me félicite :
Ou prends-moi mes talents, ou tâche d'inventer
Un état social qui me fasse exister...
Cet état social d'équité, de bien-être,
Quelque jour nos neveux en jouiront peut-être...

    Avec un rire amer.

Nos neveux ! quelque jour !... En attendant, j'ai faim,
En attendant, je meurs ; ô douloureuse fin !...

    Avec emportement et rapidité.

Eh, quoi ! pas un emploi ? nul moyen d'existence ?

Avec lenteur.

Pas un vide à remplir dans cette Espagne immense?...
Sacrifié sans cesse à des rivaux heureux,
Pour avoir cent fois moins, j'ai fait cent fois plus qu'eux!
Hélas! j'exigeais peu de la bonté divine;

S'attendrissant.

Je ne voulais que vivre... Hier je m'imagine
Que j'y suis parvenu; mais ne voilà-t-il pas
Que mon sort se rattache à celui des états?
Dans tous ces grands conflits, moi, chétif, je me lance,
Et ma tête va faire incliner la balance!!!

Avec une gaieté sombre.

La veille sans abri, je meurs le lendemain
En criminel d'état... J'ai bien fait mon chemin!
Des héros malheureux je vais grossir la liste;

D'un ton solennel.

Ma mort à l'univers apprendra que j'existe.

GUSMAN, *avec bonhommie, et en se levant.*

Peut-être que j'ai tort de parler de cela;
Mais si tu m'avais cru... nous n'en serions pas là!
C'est ta rage de faire...

PEDRO, *le regardant fixement.*

Eh! dis donc, je te prie,
Crains-tu de mourir?

GUSMAN, *vivement.*

Moi?... je méprise la vie;
Mon courage, mon cher, est au niveau du tien.

Retombant dans sa nonchalance.

Mais il eût mieux valu ne se mêler de rien.

PEDRO, *s'animant tout à coup.*

Notre cause, après tout, n'est pas désespérée...

GUSMAN.

Elle est belle!

PEDRO.

Je tiens la victoire assurée
Si je pouvais brouiller Berlips avec le roi ;
Et peut-être bientôt y parviendrai-je !

GUSMAN, *ricanant.*

Toi ?

Un chétif vermisseau !

PEDRO, *froidement.*

C'est là mon avantage.
Sans être vu, je vois de près chaque rouage.

~~~~~~

SCÈNE II.

LA COMTESSE, PEDRO, GUSMAN, L'ALGUASIL.

LA COMTESSE, *à part, dans le fond.*

Le bachelier paraît abattu ; frappons fort,
Et j'aurai des aveux.

GUSMAN, *à part.*

Elle a ri ; Pèdre est mort !

LA COMTESSE, *présentant un papier ouvert à Pedro*

Ton arrêt est porté.

PEDRO, *lisant.*

Prison perpétuelle !

LA COMTESSE, *d'un ton très-doux.*

Mais on peut modérer cette peine cruelle...
L'observant.
Mon but est de punir la tête et non le bras ;
Livre-moi tes amis...

PEDRO, *avec dignité.*

Je ne vous comprends pas.

LA COMTESSE.

Comment donc ! un refus ? c'est fier, c'est héroïque !

Mais où te conduira ce dévoûment... classique?

A Gusman.

Et toi, jeune indolent, qui sans doute as tout vu,
Dans le péril commun du moins parleras-tu?

GUSMAN, *sèchement.*

Non.

LA COMTESSE, *le contrefaisant.*

Non?...

GUSMAN.

Cela n'est pas dans ma manière d'être.

LA COMTESSE.

Prends-y garde, ta vie est en danger peut-être!

GUSMAN, *avec chaleur.*

Moi, trahir l'amitié par la peur des bourreaux?
Jamais!

LA COMTESSE, *avec ironie et gaieté.*

Décidément, je ne vois que héros!

A part et en éclatant tout à coup.

Il est temps, à la fin, que mon bras se révèle;
Frappons!

A part.

Mais le moyen de poursuivre Isabelle?
Cachée à l'ambassade, elle y peut, à son gré,
Affronter mon pouvoir; cet asile est sacré.

Réfléchissant.

Pour les en arracher quel ressort trouverai-je?...
Une transaction...

S'asseyant vivement.

Bien! oh! l'excellent piége!

Elle sonne deux fois et écrit rapidement deux lettres. Un
valet et Fabricio se présentent.

Pour le comte d'Harcourt.

A Fabricio.

Toi, pour la reine... attend.

PEDRO, *à part.*

J'entrevois un moyen !...

Basau vieillard.

Ici dans un instant,

Au lieu de sortir, Fabricio se glisse dans le cabinet la-
téral gauche.

LA COMTESSE, *à Pedro, avec une ironie amère.*

Adieu donc, Régulus, digne soutien de Rome !
Adieu, Caton l'Ancien... ou tout autre grand homme !

Elle sort par le fond.

SCÈNE III.

PEDRO, GUSMAN, L'ALGUASIL.

PEDRO, *abîmé dans ses réflexions.*

Ce que je viens de voir m'est-il bien arrivé ?...
Suis-je captif ici ? ne l'ai-je pas rêvé ?...

GUSMAN.

Ma foi, je voudrais bien, moi, que ce fût un rêve.

PEDRO.

J'ai devant moi peut-être une heure ou deux de trêve...

Avec un élan de joie.

Une heure ! En pareil cas, une heure est un trésor !
Je vis, j'ai de l'espoir, je puis lutter encor ! ! !

SCÈNE IV.

FABRICIO, PEDRO, GUSMAN, L'ALGUASIL.

FABRICIO, *entr'ouvant la porte du cabinet de gauche, une lettre à la main.*

Êtes-vous seuls ?

PEDRO, *vivement.*

Oui, viens, donne, je veux connaître...

Lui rendant le papier,

Non, reprends.

FABRICIO.

Pourquoi donc?

PEDRO, *effrayé*,

En livrant cette lettre

Tu perds ton avenir.

FABRICIO, *avec calme*.

Il n'est rien à mes yeux.

PEDRO.

Tu compromets ta vie enfin ! ! !

ABRICIO, *lui tendant froidement la lettre dont il a brisé le cachet.*

Je suis si vieux !

PEDRO.

« Ma chère majesté, je vous transmets, d'urgence,
» Pour votre sot époux un projet d'ordonnance
» Bien simple et composé de deux articles courts...
» Qu'il signera sans lire, ainsi qu'il fait toujours. »

A part.

L'insolente ! « Décret. Les agents de la France
» Seront jetés tous quatre en la tour de Valence,
» Pour y subir, vingt ans, les rigueurs de la loi.
» Car tel est mon plaisir suprême.

» Moi,

» Le roi. »

FABRICIO.

Abominable femme !

PEDRO.

O l'heureuse missive !

GUSMAN.

Nous sommes tous perdus si cette lettre arrive !

PEDRO.

Nous sommes tous sauvés !

FABRICIO, *confondu.*

Sauvés?

GUSMAN.

Par quel moyen?

PEDRO, *du ton de l'inspiration.*

Paix! ne me trouble pas, le voilà! je le tien!...

*Prenant une enveloppe, écrivant, puis ôtant la lettre de
l'ancienne enveloppe, et la plaçant dans l'autre.*

C'est son arme, a près tout, que je tourne contre elle...

A Fabricio.

Va porter cette lettre à l'adresse nouvelle.

Fabricio sort.

Il faudrait que celui que l'on vient d'outrager
Fût bien lâche et bien vil pour ne pas se venger.

~~~~~~

SCÈNE V.

GUSMAN, PEDRO, L'ALGUASIL.

PEDRO.

Le projet est hardi, mais le péril immense.
O mon Dieu! prends pitié de moi dans ta clémence
Si ma combinaison réussit aujourd'hui,
Le duc d'Anjou triomphe, Isabelle avec lui,
Avec elle Gusman, Émerance et ma mère;
J'obtiens un faible poste et celle qui m'est chère.
Mon Dieu, prête l'oreille à ma tremblante voix;
Tu fais, en m'exauçant, tant d'heureux à la fois!

SCÈNE VI.

LA COMTESSE, PEDRO, GUSMAN, L'Alguasil!

LA COMTESSE, *à part, d'un air radieux.*

L'ambassadeur de France est tombé dans le piége.
Il a remis ma lettre à celle qu'il protége;
J'ai feint de redouter un dénoûment fatal,
De trembler...

Avec un rire satanique.

Elle accourt à mon premier signal;

Apercevant Pedro.

Eh bien, es-tu toujours zélé pour cette femme?

PEDRO, *avec sang-froid.*

Oui, madame.

LA COMTESSE.

Et toujours bouche close?

PEDRO.

Oui, madame.

LA COMTESSE, *aigrement.*

A la bonne heure!

A part.

On vient! Gardons mes plans pour moi,
Jusqu'à ce que la reine ait fait agir le roi.

SCÈNE VII.

LA COMTESSE, ÉMERANCE *et* ISABELLE *suivies*
de Soldats *dans le fond,* PEDRO, GUSMAN,
JUANITO, L'Alguasil.

ÉMERANCE, *bas, à Isabelle.*

Madame, craignez tout de sa haine cruelle!...

ISABELLE, *bas, en souriant,*

Moi, la craindre?.... Elle a peur, et d'Harcourt répond d'elle;
Sois tranquille.

      A Juanito.

         Annoncez.

         JUANITO.

                Madame Isabella
Del Sol, de Penafiel, comtesse d'Alcala.

    ÉMERANCE , *à Isabelle, en voyant les soldats.*

O ciel! c'est fait de nous!...

        LA COMTESSE, *à part,*

            Ah! je me sens renaître!

        PEDRO, *à part.*

Essayons par un mot de lui faire connaître.....

    Bas à Isabelle.

Gagnez du temps.

    Surprise de cette dernière.

     ISABELLE *faisant une révérence profonde.*

         Chez vous l'estime nous conduit
En toute confiance.....

        A part.

        Avec un sauf-conduit.

    LA COMTESSE *à Isabelle, en lui rendant sa*
           révérence.

Vous me rendez justice, et j'en suis fort heureuse.

      PEDRO, *bas à Isabelle.*

Plus caressante encor.

    ISABELLE, *à la Comtesse, d'un ton mielleux.*

          Votre âme généreuse
Forme des vœux de paix, dit-on?

     LA COMTESSE, *du même air.*

            Assurément.

ISABELLE, *plus doucereusement encore.*
Nous différons d'avis sur deux points seulement;
Transigeons.

LA COMTESSE.
Transigeons.

ISABELLE.
Aménité touchante !...

PEDRO, *bas à Isabelle.*
Très-bien !

LA COMTESSE.
Que de douceur !

ISABELLE.
Tant de raison m'enchante.

PEDRO, *à part.*
Quel guet-apens !...

ISABELLE, *avec le même ton mielleux.*
Les points contestés sont, je crois,
Le trône auquel prétend l'archiduc et mes droits?
Voulez-vous, senora, renoncer à défendre
Votre candidat?

LA COMTESSE, *d'une voix douce.*
Non.

ISABELLE.
Vous voulez donc me rendre
Mes biens?

LA COMTESSE, *d'un ton mielleux.*
J'ai réclamé votre propriété....
Jouant la douleur.
Mais le prince a dit non, un non bien arrêté.
Minaudant.
Pour comble de malheurs, croiriez-vous que la reine
Me l'a donnée?

ISABELLE.

A vous ?

LA COMTESSE.

Pour arrondir la mienne.

D'un air de componction.

J'ai pris.

ISABELLE, *la contrefaisant*

Vous avez pris ?

LA COMTESSE, *baissant modestement les yeux.*

En toute humilité,
Je m'incline toujours devant l'autorité.

ISABELLE.

Cette transaction serait fort singulière;
Vous voulez deux objets sur deux?

LA COMTESSE, *séchement.*

C'est ma manière.

A part.

La reine a mon billet, prenons-le un peu plus haut.

PEDRO, *bas à Isabelle.*

Contenez-vous encor.

ISABELLE.

Je ne puis...

ÉMERANCE, *avec douceur.*

Il le faut.

ISABELLE.

Ainsi, votre dessein devient intelligible;
Vous vous moquez de moi, Comtesse,

LA COMTESSE, *se retournant vivement.*

C'est possible.
C'est une liberté que je prends un moment...

Avec hauteur.

- Pour laisser arriver l'heure du châtiment !

ISABELLE, *avec dignité.*

» Mais je viens sur la foi des traités; je réclame... (a)

LA COMTESSE, *d'un ton ferme.*

» Il n'est point de traités entre nous deux, madame,
» Dès longtemps je connais vos projets insensés,
» Vos amis...

ISABELLE, *s'exaltant tout à coup.*

» Tremblez donc, si vous les connaissez!

LA COMTESSE, *ironiquement.*

» Se vouant tout à coup au bien de la patrie,
» Vos charmes sont entrés dans la diplomatie!

ISABELLE, *avec amertume.*

Les vôtres, occupés d'un service plus doux,
» Sont sans diplomatie, à coup sûr!!!

PEDRO, *bas à Isabelle.*

» Calmez-vous.

ISABELLE, *très-animée.*

» Se joignant au parti dont la France dispose,
» La grandesse et l'armée ont embrassé ma cause.
» De plus, vous le savez, j'ai l'appui du grand Roi;
» L'avenir m'appartient!!!

LA COMTESSE, *froidement.*

» Le présent est à moi.

ISABELLE.

» Tout à l'heure, en dépit de vos menaces vaines,
» Vous serez dans mes mains!!!...

(a) Les vers guillemetés peuvent ne pas se dire à la représentation.

LA COMTESSE, *avec une joie tranquille.*

» Je vous tiens dans les miennes.

ÉMÉRANCE, *bas à Isabelle.*

» Vous vous perdez !

ISABELLE, *éclatant tout à fait.*

» C'est trop d'hypocrites discours ;
» Désormais je renonce à de lâches détours.
» Mentir m'est odieux, dissimuler me pèse ;
» Mais j'ai dit : *je vous hais*..... je respire à mon aise!!!...

LA COMTESSE , *avec une dignité froide.*

» Assez ! dans le conflit où l'on s'est égaré
» Jusqu'à me provoquer, je me respecterai ! »

Regardant au dehors.

Mais je verrai bientôt tant d'audace expiée.

Avec force.

Je suis lasse, surtout je suis humiliée
De songer que c'est vous qui troublez mon sommeil!
Et d'avoir à combattre un ennemi pareil !

Se retournant.

Combien Fabrice est lent! j'avais pensé l'entendre!

PEDRO, *à part.*

Oh ! comme ce vieillard se fait longtemps attendre!

LA COMTESSE.

Ah!... c'est lui !

PEDRO.

Le voici !...

~~~~~~

SCÈNE VIII.

LA COMTESSE, L'OFFICIER *en arrière*, FABRI-
CIO , *introduisant l'Officier* , MENDOCE ,
ÉMERANCE , ISABELLE , PEDRO , GUSMAN,
L'ALGUASIL, DES SOLDATS.

L'OFFICIER, *à la Comtesse.*

Je viens vous avertir,
Au nom du cardinal, qu'il est temps de partir,
Que le carrosse est là, qu'il faut à la frontière
Se rendre sur-le-champ.

LA COMTESSE, *radieuse.*

Ma vengeance est entière ?

ISABELLE.

Dieu !

ÉMERANCE.

Ciel !

LA COMTESSE, *à Isabelle, avec bonheur.*

Vous entendez? c'est un commandement
De quitter le pays, vous, don Pèdre et Gusman.

FABRICIO, *s'élançant avec ardeur.*

Non pas ! non pas!...

MENDOCE, *s'avançant avec aplomb.*

Il faut que la méprise cesse :

Solennellement.

L'ordre du cardinal vous désigne, comtesse.

LA COMTESSE.

Moi ?

L'OFFICIER.

Vous-même.

ISABELLE *et* PEDRO.

Elle?

LA COMTESSE.

Moi!...

ÉMERANCE.

Quel bonheur!

LA COMTESSE.

Comment, moi!!!

MENDOCE.

Votre lettre à la reine est arrivée au roi.

LA COMTESSE.

Au roi? qui m'a trahie à ce point? quel infâme?...

PEDRO, *s'avançant avec une modestie orgueilleuse.*

Vous voyez devant vous le coupable, madame.

LA COMTESSE.

Toi?

ISABELLE.

Vous?

ÉMERANCE.

Lui?

L'OFFICIER, *à la Comtesse.*

J'ai mon ordre...

ISABELLE, *à la Comtesse, en baissant les yeux
comme elle, et en reproduisant ses inflexions
de voix.*

En toute humilité,
Inclinons-nous toujours devant l'autorité.

LA COMTESSE, *se redressant avec fierté.*

J'ai gouverné, dix ans, avec gloire peut-être
L'idiot couronné que vous avez pour maître.
Mais puisque des ingrats parlent de me bannir...
J'abandonne l'Espagne afin de la punir.

GUSMAN, *s'élançant après qu'elle est partie.*

Bon voyage, et restez longtemps en Allemagne !

L'Officier, les Soldats et l'Alguasil la suivent.

SCÈNE IX.

ÉMERANCE, ISABELLE, MENDOCE, PEDRO,
FABRICIO, GUSMAN.

MENDOCE.

Sa chute a rapproché la France de l'Espagne.

PEDRO, *serrant la main du vieillard.*

Cher Fabrice !...

ISABELLE.

Il se peut ?

MENDOCE.

Nous l'avons emporté
En triomphateur.
Je suis Français de cœur, je l'ai toujours été !...

ISABELLE, *impatiente.*

Mais les détails ?...

MENDOCE, *avec orgueil.*

J'ai vu le monarque lui-même;
Il m'a nommé ministre et change de système.
« Espagnols, on avait surpris ma bonne foi,
» Dit-il; plus d'archiduc ! Philippe est votre roi;
» Il est mon successeur, le fils de ma tendresse !..»

PEDRO, *gaiement.*

J'ai fait changer un trône en changeant une adresse.

MENDOCE.

Digne Pèdre !

ÉMERANCE.

Ami vrai!

GUSMAN.

Je me sens fier de toi!

ISABELLE.

Il nous a sauvés tous!

MENDOCE.

Je le prends avec moi.

S'adressant à tous, d'une voix solennelle

Vos vœux, puisqu'à présent je suis au ministère,
Vont tous être comblés... Je vous rends votre terre,
Ma sœur. Pour vous, Gusman, je vous l'avais promis,
Vous êtes directeur.

A Pedro, en lui frappant sur l'épaule.

Toi, je te fais commis.

PEDRO, *s'essuyant le front.*

Ouf!... je viens de finir une rude campagne!
Il m'a fallu changer la face de l'Espagne,
Faire un roi, de l'Europe anéantir le plan...
Pour avoir un emploi de mille écus par an.

FIN.

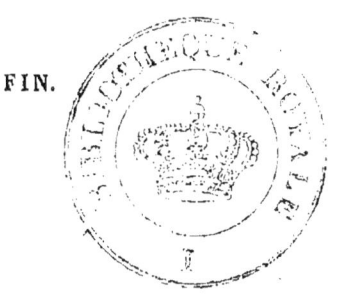

www.ingramcontent.com/pod-product-compliance
Lightning Source LLC
Chambersburg PA
CBHW060822250626
47162CB00005B/1901